인류 최초의 지혜가 담긴

아프리카
격언집

a collection of
African proverbs

인류 최초의 지혜가 담긴

아프리카
격언집

나이지리아 추장 농민의 왕

나이지리아 추장 농민의 왕

한상기 엮음

푸른영토

|

아프리카에서부터 시작된
인류의 지혜

나는 23년간 아프리카에서 일하면서 아프리카 방방곡곡에 가 보고 아프리카 사람들의 일상생활과 풍습, 전통, 노래, 춤을 보았고 아프리카 자연을 깊게 관찰할 수 있었다.

아프리카 사람들과 접하여 대화하면서 그들의 생활 철학인 격언을 들어가며 감탄하였다. 아프리카 격언은 아프리카 사람들의 문화, 전통, 지혜, 경험 등을 담은 짧고 간결한 구절들로 구성되어 있어 영감과 깨달음을 주었기 때문이다.

아프리카 격언은 인류의 뿌리인 원초적 아프리카 사람들의 마음, 전통, 역사, 문학, 철학의 심층에서 나왔다. 아프리카 사람들은 오랜 세월 다양한 문화와 언어, 전통, 신화, 전설 등을 전해왔다. 이들의 지식과 지혜는 서로의 말을 통해 전달되어 왔고, 이어서 격언의 형태로 정리되어 전해졌다. 이러한 구두 전통은 명언, 속담, 격언, 경험담 등의 형태로 구성되어 있으며, 일상적인 상황에서 사용되는 인용구나 조언, 지혜 등의 형태로 많이 사용된다. 이러한 구두 전통은 아프리카 대륙 내에서 전해지는 언어나 방언, 지역적인 특징, 문화적인 차이 등에 따라 형성되었다. 아프리카 대륙에서의 구술 전통은 지식 전달과 교육을 위해 중요한 역할을 하였으며, 이러한 전통은 다양한 형태로 구성되어 있다.

이렇게 형성된 아프리카 대륙의 다양한 지식과 지혜, 전통, 문화, 언어 등이 격언의 형태로 정리되어 전해지면서, 아프리카 격언은 다양한 상황에서 인용되거나 인용할 수 있는 형태로 발전해 왔다. 이러한 아프리카 격언들은 지식과 지혜를 전달하는 데 있어서 매우 유용한 도구로 사용되어왔고 사용되고 있다.

아프리카 격언은 오랜 역사와 전통을 갖고 있어서, 아프리카의 문화와 철학, 지혜의 중심이 된다. 이 격언들은 그들의 사고방식, 가치관, 생활방식 등을 반영하고 있다. 아프리카 격언은 아프리카의 다양한 지역과 문화권에서는 격언이 사회 질서 유지에도 중요한 역할을 한다. 격언은 도덕적 가치와 사회적 규범을 전달하고, 사회 구성원들 사이의 관계를 조절하며, 동시에 갈등 조정과 문제 해결을 위한 지혜를 전달하기도 한다.

특히, 아프리카의 전통적인 장로 체제에서는 격언이 중요한 역할을 한다. 장로들은 격언을 인용하여 지혜롭고 공정한 결정을 내리고, 사회 구성원들의 갈등을 조정한다. 또한 격언을 통해 어린 세대에게 도덕적인 가치와 행동 방식을 가르치며, 이를 통해 사회 질서를 유지하고 지속 가능한 민족 문화를 전달하는 역할을 한다.

아프리카 격언은 아프리카 문화와 역사의 보물 창고라고 할 수 있다. 이 격언들은 인류의 공통된 지혜와 가치를 담고 있어서, 아프리카 대륙뿐만 아니라 그 외의 지역에서도 많은 사람들에게 유익한 가르침을 제공한다. 아프리카 격언은 그 밖에 다양한 역할을 한다. 첫째, 인류의 공통적인 경험에 대한 지혜를 전달한다. 둘째, 삶의 가치와 목표에 대한 지식과 현명한 선택을 도와준다. 셋째, 사회적 관계와 상호 작용에 대한 지혜를 전달하고, 문화와 전통을 보존하며 전달한다. 넷째, 자아 개발과 인간성을 강조한다.

아프리카 격언은 대개 비유적이며, 직관적이고 풍부한 이미지를 사용한다. 이들은 노래, 이야기, 시, 춤 등으로 전달되며, 사람들에게 삶과 인간관계, 도덕과 윤리, 교훈과 지혜 등을 전달한다. 이처럼 아프리카 격언은 전통적인 지식과 현대 생활의 문제에 대한 지혜를 모두 담고 있기 때문에 전 세계에서 폭넓게 인용되고 있다.

아프리카 대륙은 수 천 개의 다양한 언어, 문화, 지역과 부족들이 존재한다. 이 곳의 아프리카의 추장들은 자신들의 민족의 정체성과 유산을 유지하는 데에 지금도 아프리카 격언과 이야기를 활용한다.

이들의 전통사회에서는 문맹이 일반적이었기 때문에, 이 격언들은 문맹자들에게 지혜를 전하는 중요한 수단 중 하나로 사용되었다. 추장들은 격언을 이용하여 자신들이 다스리는 지역사회 내의 갈등을 예방하고, 지식과 지혜를 전하고, 문제를 해결하며, 사회적인 조화를 이루는 데에도 활용한다. 이러한 격언들은 그들의 생활 방식, 신앙, 철학 등을 표현하며, 특히 추상적인 개념을 간결하고 명료하게 전달하는 데 능숙하다. 추장들은 이러한 격언을 통해 권위를 유지하고, 적극적으로 지도력을 행사할 수 있다.

아프리카에서는 노래도 매우 중요한 예술 형태 중 하나다. 아프리카의 다양한 지역에서는 노래에 아프리카 격언을 활용하는 것이 일반적이다. 아프리카 격언들은 현실에서 적용할 수 있는 많은 지혜를 담고 있어서 많은 지역 사람들이 그들의 노래에 격언을 인용하고 있다. 아프리카 격언들을 살펴보면 모든 주제들의 공통점은 '삶의 지혜'와 '상호 의존성'이라는 가치를 강조하는 것이다. 이러한 가치는 아프리카 대륙에서 일상적으로 경험되는 것으로, 다양한 문화와 종족 간의 관계에서도 반영된다. 아프리카 격언은 예술적인 표현이기도 하다. 이들은 아름다운 문장, 비유, 은유 등을 사용하여 말장난과 예술성을 담고 있다. 이러한 면도 아프리카 격언을 매력적으로 만들 수 있는 요소 중 하나다.

이와 같이 아프리카 격언은 그들의 문화와 가치관을 전달하는 매개체로서 기능하며, 그들의 지혜와 경험을 나누는 수단이다. 이러한 매력적인 격언들은 오래전부터 아프리카 인들을 통해 외부로 퍼져 나갔다. 그래서 다른 문화나 지역에서도 삶의 공통점과 유사성이 발견되기도 한다. 따라서 아프리카 격언은 인류 공통의 가치를 담고 있으며, 인류의 문화유산 중 하나로서 매우 소중하고 중요한 지혜들이다.

끝으로 이러한 아프리카의 지혜를 담은 격언집을 책으로 남길 수 있어 감회가 새롭다. 이 책이 나오기까지 도와주신 김인자 선생님과 출판사 관계자 여러분께도 깊은 감사의 인사를 드린다.

2024년 5월, 한상기

차례

PART 4 처세를 담은 아프리카 격언

PART 5 **생활을 담은 아프리카 격언**

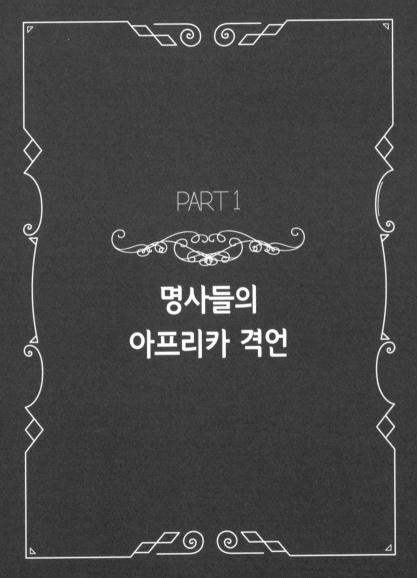

PART 1

명사들의
아프리카 격언

월레 쇼잉카|Wole Soyinka

노벨 문학상 수상한 나이지리아 문학의 거장인 월레 쇼잉카는 그의 작품에서 여러 가지 아프리카 격언을 인용하였다. 이러한 인용은 그의 작품에서 지혜롭고 깊은 생각을 전달하고자 하는 노력의 일환으로 자리 잡았다. 그러한 그의 작품들이 아프리카 문학에 큰 영향을 미치는 데 기여한 것으로 평가된다.

어둠이 있는 곳에 빛이 있다
Wherever you find darkness, you find light

아프리카 격언

아프리카 대륙 전역에서 널리 사용되고 있는 이 격언은 어려운 상황에서도 포기하지 않고 노력하는 인내와 결연함의 중요성을 강조하며, 그 결과로 성취감과 만족감을 느낄 수 있다는 것을 전한다. 어둠과 빛은 상대적인 개념으로, 어려움이 있을 때는 그것을 극복하고 나면 더 큰 성취를 이룰 수 있다는 것을 의미한다. 따라서 이 격언은 인생의 모든 상황에서 희망과 긍정적인 마인드를 가지고 노력하라는 교훈을 담고 있다.

작은 불씨로도 큰 불길이 일어난다
A little spark can kindle a great fire

아프리카 격언

작은 것이라도 시작은 중요하며, 작은 변화가 큰 결과를 이끌어낼 수 있다는 것을 말한다. 작은 불씨가 큰 불길을 만들어내듯, 작은 시작이 큰 결과를 이끌어낼 수 있다. 따라서 어떤 일이든 작은 것이라도 시작하는 것이 중요하며, 그 작은 변화가 시간이 지남에 따라 큰 결과를 만들어낼 수 있다. 이 격언은 우리에게 작은 것이라도 꾸준하게 노력하며 시작하는 것이 중요하다는 것을 상기시키고, 작은 것이라도 변화를 이끌어내고자 하는 열망과 의지를 강조한다. 또한, 작은 일부터 시작하여 미래를 위한 큰 계획을 세우는 것이 중요하다는 것을 알려준다.

마음이 진실하면 하늘도 진실해진다
If the heart is truthful, heaven will be truthful too

가나 격언

마음의 상태가 인생에서 가장 중요한 역할을 한다는 것을 강조한다. 참된 마음으로 살면 모든 것이 참된 길을 따라 나아갈 것이며, 그 결과 참된 삶을 유지할 수 있다는 것을 말한다. 우리는 마음속에 참된 원칙을 갖고, 진실하고 성실하게 살아가야 한다는 것을 이야기한다. 참된 마음으로 살면 믿음직스럽고 사랑받는 인간이 될 수 있으며, 그 결과 천국에서도 참된 삶을 이어갈 수 있다는 것을 의미한다.

왕은 그의 백성에게 봄비처럼 긍정적인 영향을 미친다
A king rains positive influence on his people like spring rain

아프리카 격언

훌륭한 지도자는 자신의 백성에게 힘과 희망을 주는 존재라는 것을 뜻한다. 봄비는 새로운 생명을 창조하고 땅을 물들여서 새로운 성장을 이끌어내는데, 이와 같이 지도자는 자신의 지도력으로 백성들의 능력과 가능성을 발휘시키며, 그들이 성장할 수 있는 환경을 제공해야 한다는 것을 의미한다. 이 격언은 훌륭한 지도자의 역할과 책임을 강조하며, 그 역할이 백성들의 발전과 번영에 큰 영향을 미친다는 것을 암시한다.

도전이 있는 곳에서 변화가 일어난다
Change arises when there is challenge

아프리카 격언

성장과 발전은 쉽게 이루어지지 않고, 반드시 어려움과 도전이 있는 환경에서 노력하며 극복해 나가야 한다는 것을 의미한다. 따라서 도전이 있는 환경에서 우리는 새로운 것을 배우고 경험을 쌓아 성장할 수 있다. 이를 통해 더 나은 결과를 얻을 수 있고, 자신의 능력을 더욱 향상시킬 수 있다. 이 격언은 우리에게 실패를 두려워하지 않고 도전하는 용기와 열정을 가지도록 독려하며, 새로운 것을 시도하고, 도전과 문제를 극복하며 성장하는 인생을 살아가라는 교훈을 담고 있다.

치누아 아체베 Chinua Achebe

나이지리아의 소설가이자 시인이이며, 대학에서 행정학 외 영문학 및 역사 등을 공부했다. 대표작으로는 『몰락』과 『안락의 종말』 등이 있다. 나이지리아의 저명한 문학가 치누아 아체베는 격언에 대하여 이렇게 말했다.

격언은 말[言語]을 팜 기름과 함께 먹는 것이다
Chinua Achabe once wrote as 'Proverbs are the palm oil with which words are eaten' (BBC)

팜유가 음식 맛을 내어주고 영양가를 높여준다
Palm oil enhances the taste of food and increases its nutritional value

이러한 아프리카 격언은 지구와 동물들과 관련이 있고 서민의 일상적 삶과 배움의 학습과정에서 나온 것이다. 서부 아프리카 사람들은 음식을 먹을 때 또는 카사바를 가공할 때 팜유palm oil를 넣어 만들어 먹는다. 팜유 없이는 음식을 맛을 낼 수 없다. 팜유는 음식의 필수재료이다. 아프리카의 대부분 지역에서 사용되는 팜유는 음식에 대한 부드러움과 맛을 더해주는 것처럼, 격언이 말과 이야기에 이러한 역할을 더해 준다. 팜유는 음식에 꼭 필요하고 건강에 매우 좋다. 이처럼 격언은 살아가는 데 없어서는 안되고 꼭 필요한 것이다. 일상생활에서 떼어놓을 수 없는 식성과 전통과 함께 하는 것과 같다.

말을 더욱 맛있게, 효과적으로 전달하기 위해 속담이나 격언을 사용하는 것이 중요하다. 속담이나 격언은 많은 사람들이 공유하고 이해하는 공통된 언어와 문화를 형성하며, 말을 더욱 강조하고 직관적으로 전달할 수 있다. 따라서 속담과 격언은 말의 효과를 높이는 데 중요한 역할을 한다. 이는 나아가 문화적인 관점에서도 속담과 격언이 그들이 발생한 지역이나 문화를 대표하고, 그들을 통해 그 지역이나 문화의 가치와 생각을 전달할 수 있다는 것을 의미한다.

치누아 아체베가 쓴 책 중에서 가장 널리 읽힌 책은 『Things Fall Apart』란 책은 아프리카의 이야기를 다루고 있으며, 많은 아프리카 격언과 속담이 등장한다. 그가 인용한 아프리카 격언 중 일부는 다음과 같다.

어떤 것도 한 사람의 노력만으로 이루어질 수 없다
Nothing can be achieved by the effort of one person alone

인간은 사회적 동물이며, 다른 사람들과 협력하고 상호작용하여 일을 이루어 나간다. 이러한 관점에서 볼 때, 우리는 다른 사람들의 지원과 도움 없이는 우리가 이루고자 하는 모든 것을 혼자서 이루기가 어렵다는 것을 알 수 있다. 개인의 능력이나 노력도 중요하지만, 그것만으로는 충분하지 않다. 우리가 원하는 목표를 달성하려면, 다른 사람들과 협력하고 지원을 받아야 한다. 때로는 다른 사람들의 조언, 지식, 경험, 노력, 자원 등을 필요로 하다. 따라서 협동과 협력의 중요하다.

한순간에 만들어지지 않는 것은
하루 안에 사라질 수 있다
What is not created in a moment can perish within a day

일의 속도와 시간의 중요성에 대한 격언이다. 일을 하기 시작하고 나서 시간이 지나도록 미루거나, 서두르지 않고 천천히 해 나가면 결과를 얻지 못하고 실패할 가능성이 크다. 결정적인 순간에 빠른 대응이 필요하며, 일을 신속하게 처리하는 것이 중요하다. 성취하고자 하는 목표를 위해서는 시작하는 것이 중요하지만, 그다음에는 꾸준히 노력하여 목표를 달성할 때까지 포기하지 않고 계속해서 일을 해 나가야 한다.

네가 어제 심은 씨앗을 오늘 거둘 수 없다
You cannot reap what you planted yesterday

일의 결과를 기대할 때에는 시간이 필요하며, 노력과 인내가 필요하다는 것을 나타내는 격언이다. 이것은 일반적으로 노력한 결과가 즉각적으로 보상으로 돌아오지 않을 수 있다는 것을 의미한다. 일을 시작하면 즉각적인 결과를 기대하기 쉽지만, 많은 일들은 시간이 지나야 그 결과를 볼 수 있다. 또한, 일을 할 때에는 어떤 일이든지 힘들고 고통스러울 수 있다. 그러나 노력과 인내를 지속하는 것이 중요하다. 따라서 성공하고자 하는 목표에 대해 꾸준한 노력과 인내심을 갖고 끈기 있게 일하며, 결과를 지켜보는 것이 중요하다. 이러한 노력과 인내를 통해, 언젠가는 씨앗을 심었던 그때보다 더 풍성한 결과를 거둘 수 있을 것이다.

지식은 머리로부터 나온다
Knowledge comes from the head

이 격언은 어떤 지식이나 아이디어가 누군가의 머릿속에서 생겨나는 것을 의미한다. 이러한 관점에서, 지식은 단지 외부에서 주입되는 것이 아니라, 개인의 경험과 배움을 통해 내부에서 발생하며, 자신의 사고와 판단력을 통해 조작되는 것이다. 따라서 이 격언은 지식을 습득하고자 할 때, 단순히 외부 지식을 습득하는 것이 아니라, 자신의 경험과 노력을 통해 스스로 배우고 생각하는 것이 더욱 중요하다는 것을 상기시켜준다.

모든 면에서 불충분함은 확실한 적이다
Inadequacy in all aspects is a definite enemy

어떤 일이든지 부족한 점이 있다면 그것이 문제를 일으킬 수 있으며, 이를 개선해야 한다는 것을 나타내는 격언이다. 즉, 어떤 일이든 완벽하지 않으며, 더 발전하고 개선할 여지가 있다는 것을 의미한다. 이 격언은 자신이나 조직, 회사, 국가 등의 어떤 단체나 사람이나, 어떤 일을 할 때, 불충분한 면을 지닐 수밖에 없다는 것을 지적한다. 이를 인정하고, 그것을 개선하는 것이 중요하다는 것을 뜻한다.

아무리 늦어도 도착하기만 하면 된다
It doesn't matter how late, as long as you arrive

시간에 대한 압박이나 불안에 시달리지 말고, 중요한 것은 결과물에 이르는 것이라는 뜻을 나타내는 격언이다. 즉, 늦게 시작했더라도 그것보다 중요한 것은 끝까지 마무리하는 것이며, 결국에는 목표를 달성하는 것이 가장 중요하다는 것을 강조한다.

이 격언은 일상생활에서 일어날 수 있는 다양한 상황에서 적용될 수 있다. 예를 들어, 어떤 일을 미루다가 기한이 다가온 상황에서도, 그것이 늦어졌다고 자신을 괴롭히지 말고, 끝까지 마무리하면 된다는 것을 상기시켜준다. 또한, 어떤 일을 시작하려는 데 다른 사람들보다 늦게 시작했다면, 끝까지 열심히 하고 그 결과가 중요하다는 것을 알리는 격언이다. 하지만, 이 격언이 모든 상황에 적용되는 것은 아니다. 어떤 상황에서는 시간의 중요성이 매우 크기 때문에 빠른 대처가 필요할 수 있다. 따라서 상황에 따라서 적절하게 판단하고 대처해야 한다.

남에게 봉사하는 것은 천국으로 가는 길이다
Serving others is the way to heaven

이 격언은 다른 사람들을 도와주고 봉사하는 행위는 보람 있는 일이며, 영혼의 평화와 행복을 가져다준다는 것을 나타내는 격언이다. 사람들이 서로 도움을 주고받고 삶을 공유하는 데 중요성을 부각시킨다. 사람들은 서로 다른 능력과 재능을 가지고 있기 때문에, 다른 사람들에게 봉사함으로써 서로의 부족한 부분을 보완하고 서로의 삶을 더욱 풍요롭게 만들 수 있다. 이러한 봉사 행위는 물질적인 것보다는 정신적인 만족감과 보람을 주며, 그로 인해 영혼이 더욱 건강해지고 평화로워지는 것이라고 할 수 있다.

따라서, 이 격언은 봉사와 같은 다른 사람들을 도와주는 행위가 보상을 받는 것처럼 보상을 받는 것이 아니라, 영혼의 평화와 행복을 가져다준다는 것을 알리고 있다. 이러한 가르침을 바탕으로, 많은 사람들은 자발적으로 다른 사람들을 돕고 봉사하는 일을 하며, 서로를 도와가는 더욱 풍요로운 사회를 만들어가고 있다.

죽음은 생명의 계속이다
Death is the continuation of life

죽음이 생명과 떨어져서 이해할 수 있는 것이 아니라, 생명과 끊임없이 연결되어 있다는 것을 나타내는 격언이다. 사람들이 죽음에 대해 생각할 때, 죽음이 그저 끝나는 것이 아니라, 다시 어떤 형태로든 계속되는 것이라는 것을 상기시키기 위한 것이다. 이것은 종교적인 신념에서도 많이 언급되며, 생명의 사이클에서 죽음은 다시 새로운 삶으로 이어지는 것으로 여겨진다. 또한, 이 격언은 죽음을 두려워하지 않고 오히려 생명과 더불어 받아들여야 한다는 의미도 담고 있다. 인간은 죽음으로 인해 끝나는 것이 아니라, 다시 새로운 형태로 태어나기 때문에, 이를 자연스럽게 받아들이면서 삶을 더욱 의미 있게 살아갈 수 있다는 것을 나타내고 있다.

푸로라 누아파Flora Nwapa

필자는 나이지리아 문호 푸로라 누아파Flora Nwapa와 개인적인 친분이 있다. 월레 소잉카와 이바단 대학 동기이다. 그는 나이지리아 동부 이모주의 문부상을 역임했다. 필자는 그의 시집 『Cassava Song』을 읽고 너무 좋아 그를 필자의 연구소에 초청하여 강의를 들었다. 매우 겸손한 사람이고 나이는 나와 비슷하다.

푸로라 누아파는 『Efuru』와 『Idu』를 비롯한 여러 소설과 시집을 발표한 아프리카 최초의 여성 소설가 중 한 사람이다. 그녀의 작품 중에는 아프리카 격언을 인용한 것이 많이 있다. 다음은 그녀의 작품 중에서 인용된 격언들이다.

어떤 나무도 외부에서 침범을 받지 않으면 자라날 수 있다
No tree can grow without being exposed to external influences

이 격언은 주로 개인이나 조직의 성장과 발전에 대한 것으로, 외부 요인의 간섭 없이 자신의 노력과 자신감으로 성장해 나가는 것이 중요하다는 것을 역설하고 있다.

남쪽에서는 당신이 걷는 방향도 중요하다
In the south, the direction you walk is also important

이 격언은 주로 아프리카의 문화적인 다양성을 강조하는 격언으로, 서로 다른 문화와 관습을 가진 사람들이 함께 살아가는 것이 중요하다는 의미를 담고 있다.

손으로만 가는 길은 너무 멀다

The path traveled by hand alone is too long

이 격언은 혼자서 모든 것을 해결하려는 것보다 협력과 도움을 받는 것이 중요하다는 것을 의미하고 있다.

집을 떠나면 아버지의 집에 돌아갈 수 없다

When you leave home, you cannot return to your father's house

이 격언은 가족의 중요성과 가족 간의 관계를 강조하는 격언으로, 가족은 언제나 서로에게서 지지와 안정감을 찾을 수 있는 곳이라는 것을 나타내고 있다.

『Efuru』는 그의 대표적인 소설로 1966년에 발표되었다. 이 책은 아프리카 대륙에서 처음으로 출판된 여성 작가의 소설로, 이후 아프리카 여성 작가들의 문학 발전에 큰 역할을 했다. 『Efuru』는 자신의 출신 지역인 나이지리아 이보르라 지방의 이야기를 담고 있으며, 이 지역에서의 여성의 삶과 이들이 직면하는 문제들을 다루고 있다. 이 책은 여성의 자아성장과 독립적인 삶을 추구하는 메시지를 담고 있으며, 아프리카 전통문화와 모던한 문명의 충돌, 여성의 권리와 역할에 대한 문제 등을 다루고 있다.

넬슨 만델라 Nelson Mandela

남아프리카공화국 최초의 흑인 대통령이자 흑인인권운동가이다. 종신형을 받고
27년여 간을 복역하면서 세계인권운동의 상징적인 존재가 되었다. 저서로는 자서
전 『자유를 향한 머나먼 여정』 등이 있다.

우리가 함께 있기에 내가 있다
UBUNTU

우분투UBUNTU은 아프리카 반투족의 격언으로 넬슨 만델라가 자주 사용했다.
Ubuntu은 아프리카 대륙의 많은 지역에서 사용되는 단어로, 인간성, 공동체 의식,
상호 의존성, 자비, 인간애, 선의의 정신 등의 의미를 담고 있다. 이 단어는 '나는 우
리가 있다'라는 뜻을 가지며, 개인의 삶이 다른 사람들과 긴밀하게 연결되어 있다
는 것을 강조한다. Ubuntu은 인간의 본질적인 선한 본성이라는 철학적인 개념으
로 자주 사용되며, 대개는 사회적 상호 작용, 인간관계, 공동체와의 상호 작용 등에
관한 것을 나타내는 단어로 사용된다.

또한, Ubuntu의 철학은 개인의 삶이 다른 사람들과 긴밀하게 연결되어 있다는 것
을 강조한다. Ubuntu은 모든 인간이 공통된 인간성을 가지고 있으며, 서로 다른 배
경이나 문화를 가진 사람들도 상호작용할 수 있는 공통점이 있다는 믿음에서 비롯
된 철학적인 개념이다.

콰메 은크루마 Kwame Nkrumah

콰메 은크루마Kwame Nkrumah는 독립운동을 지휘하여, 1957년 골드코스트가 가나로 독립하고, 1960년 국민투표로 가나공화국이 수립되면서 초대 대통령으로 취임했다.

골수까지 진실한 말은 시들어서
죽음의 깊은 곳에까지 이어진다
The truth, even to the marrow, withers and extends to the depths of death

이 격언은 진실성이 중요하다는 것을 강조하며, 거짓말이 나중에는 반드시 드러나게 된다는 것을 의미한다. 진실의 깊이, 영속성, 영원성을 강조하며, 진실된 삶을 살고 진실을 말하는 것이 중요하다는 교훈을 전달한다.

하늘을 날고 싶다면, 땅을 키워라
If you want to fly in the sky, cultivate the ground

꿈과 희망을 이루기 위해서는 현재의 일에 충실하게 노력해야 한다는 의미의 격언이다. 즉, 이루고자 하는 것을 위해서는 단계적인 노력과 준비가 필요하다는 것을 강조한다.

마음이 좋을 때 기도하고, 슬플 때 노래 부르라
When your heart is joyful, pray; when you're sad, sing a song

이 격언은 어려움과 역경을 극복하기 위해서는 긍정적인 마인드 셋이 중요하다는 것을 의미한다. 마음이 힘들 때에도 긍정적으로 생각하며, 슬픔과 애환을 이겨내는 데에 음악과 예술의 힘이 크다는 것을 강조한다.

나무를 심을 때 제일 좋았던 시간은 20년 전이고, 지금이 제일 좋은 시간이다
The best time to plant a tree was twenty years ago, and the second best time is now

이 격언은 과거의 실수나 놓친 기회를 후회하지 말라는 의미를 담고 있으며, 현재를 충실히 살아감으로써 미래에 더 나은 결과를 얻을 수 있다는 것을 강조한다.

누구나 머리 위에 하늘이 있다
Everyone has the sky above their head

모든 사람은 태어났을 때 인종, 성별, 국적, 종교, 경제적 지위와 같은 외적인 요소와는 관계없이 인간으로서 평등하며, 각자의 능력과 잠재력을 가지고 있다. 따라서 노력과 기회만 있다면 누구나 성공할 수 있다는 믿음을 강조한다. 이 격언은 인권과 평등에 대한 가치를 강조하며, 전 세계적으로 인용되는 대표적인 아프리카 격언 중 하나다.

우후로 케냐타 Jomo Kenyatta

케냐의 정치가이자 민족주의자로 영국, 소련 등에 체재하면서 '범아프리카주의운동'을 펼쳤고 귀국 후, 독립운동을 지도하였다. 케냐아프리카민족연맹KANU의 의장과 총리를 지내고 케냐의 초대 대통령이 되었다.

새는 단풍잎을 따라가지 않는다
Birds do not follow the autumn leaves

개인의 독특한 길을 찾고 따르는 것의 중요성을 강조하는 격언이다. 각 개인은 고유한 능력, 관심사, 가치관 등을 가지고 있으며 다른 사람들의 경로나 규칙에 따라가는 것이 아니라 자신의 내면에 기반한 길을 찾아야 한다는 것을 강조한다. 표준적이거나 주류의 경로를 따르는 것보다 독창적이고 독립적인 방식으로 생각하고 행동해야 한다는 메시지를 전달한다. 이는 새로운 아이디어를 발견하고 혁신적인 방식으로 문제를 해결하기 위해 자신만의 독특한 접근법을 채택하는 것이 중요하다는 것을 의미한다.

지도자가 아니라 따르는 자가 이끌어간다
The followers lead, not the leader

케냐타 대통령이 자신의 리더십과 정책을 설명하고 국민들에게 전달할 때 자주 사용하는 격언이다. 지도자가 혼자서만 성공할 수 없고, 지도자의 능력은 그를 따르는 사람들에게 의존한다는 것을 강조하는 격언이다. 지도자는 단독으로 모든 것을 해낼 수 없으며, 오히려 그를 믿고 따르는 사람들이 있어야 그가 이끌 수 있다는 것을 강조한다.

비가 오려면 산이 되어야 한다
To bring rain, one must become a mountain

이 격언은 어떤 일을 이루기 위해서는 어려움을 극복하고 힘든 노력을 기울여야 한다는 것을 강조한다. 여기서 비는 성공이나 성취, 원하는 결과를 상징하며, 산은 그 목표를 달성하기 위한 어려움과 장애물을 상징한다. 일상생활에서의 도전과 역경을 겪는 것이 필연적이며, 어려움을 극복하지 않고는 원하는 것을 얻을 수 없다는 것을 말해준다. 꿈을 이루기 위해 끊임없는 노력과 희생이 필요하며, 어려움을 피할 수 없다는 현실을 인식하고 그에 대처하는 자세를 취해야 한다는 것을 가르쳐 준다.

멸망의 목소리는 단 한 사람으로부터 나오지 않는다
The voice of destruction does not come from just one person

한 사람의 소리나 힘만으로는 사회나 조직이 멸망하지 않는다는 것을 말한다. 오히려 다수의 사람들이 공동으로 노력해야 비로소 문제를 해결할 수 있다는 것을 시사한다.
이 격언은 역설적으로 개인의 행동이나 선택이 사회적인 영향을 미치며, 결국은 사회 전체의 안전과 안녕에 영향을 미친다는 것을 의미한다. 한 사람이나 소수의 개인이 무책임한 행동을 할 경우, 그것이 전체 사회 또는 집단에 불안과 위험을 초래할 수 있으며, 그 결과 멸망의 위기가 초래될 수 있다는 것을 경고하는 메시지를 담고 있다.

어떤 일이든 이루어지려면
세계는 살아있는 현상이어야 한다
For anything to be achieved, the world must be alive

이 격언은 성취하려는 목표를 위해서는 활기찬 환경과 상호작용이 필요하다는 것을 시사한다. 사람들 간의 활발한 협력과 지속적인 노력이 필수적이라는 것을 강조한다.

요웨리 무세베니 Yoweri Museveni

새로운 세대의 아프리카 지도자로 관심을 끌었으며 정치 안정과 경제 성장을 위한 정책을 펼쳤다. 1986년 쿠데타로 집권한 뒤 1996년, 2001년, 2006년에 이어 2011년까지 4선 대통령으로 당선되었다. '아프리카의 비스마르크'라고도 불린다.

나무는 뿌리 없이는 서있을 수 없다
A tree cannot stand without roots

나무의 뿌리는 나무가 자랄 수 있는 기반이며, 나무의 생존을 보장한다. 이것은 어떤 것이든지 그 근본이 없으면 영속성이나 지속 가능성이 없다는 것을 나타낸다. 따라서 어떤 목표나 사업이나 계획을 세울 때에도 강력한 기반과 근본이 필요하다는 것을 의미한다. 나무의 뿌리는 나무의 역사와 과거와도 연관이 있다. 마찬가지로 우리의 가족, 문화, 역사는 우리의 정체성과 성장에 중요한 영향을 미친다. 이러한 관점에서, 우리의 가치와 전통을 기억하고 존중하는 것이 중요하다는 메시지를 전달한다.

달리기를 배우는 것은 달리기하는 것보다 중요하다
The learning of running is more important than actually running

이 격언은 어떤 일을 하기 전에 그 일에 대한 지식과 기술을 습득하는 것이 중요하다는 것을 강조한다. 달리기를 배우는 것은 달리기 자체보다 먼저 그 기술을 익히고 연습하는 것이 필요하다는 의미이다. 이는 어떤 목표를 이루기 위해서는 먼저 준비와 학습이 필수적이며, 노력과 시간을 들여야 한다는 뜻이다.

이디 아민 Idi Amin

우간다의 군인·정치가. 쿠데타를 일으켜 정권을 장악하고 경제면에서의 우간다화 정책을 내세워 독재자로 군림해 국내외적으로 비난받았었다.

나무가 쓰러질 때, 원숭이들이 흩어진다
When a tree falls, the monkeys scatter

이 격언은 어떤 큰 사건이 일어나면 그것과 관련된 작은 일들이 일어난다는 것을 의미한다. 즉, 큰 문제가 발생하면 그것을 해결하기 위해 작은 단계들을 거쳐야 한다는 것을 강조하는 격언이다. 주로 비유적으로 사용되며, 특히 어떤 중요한 인물이나 조직이 파탄을 맞았을 때, 그들과 연관된 사람들이 빠르게 흩어져 그 부정적인 결과에 휘말리지 않으려고 하는 상황을 묘사한다.

이 표현은 종종 사람들이 힘 있는 인물, 기관 또는 시스템과 깊게 연관된 경우, 그들이 권력, 명성 또는 영향력을 잃게 되면 주변 사람들이 즉시 헤어져서 부정적인 결과에 연루되지 않으려고 한다는 것을 나타낸다. 또한 이 표현은 개인이나 그룹이 어떤 지원이나 보호를 받기 위해 의존하고 있는 대상이 위태로워지거나 더 이상 제공되지 않을 때, 그 종속성을 버리려는 경향이 있다는 의미를 전달할 수 있다.

줄리어스 니에레레Julius Nyerere

아프리카의 독립주의자, 철학자, 정치가이며 '우주 마당'이라는 개념을 제시하면서 탄자니아의 사회주의 발전에 이바지하였다. 그는 아프리카의 단결을 위해 많은 노력을 기울였다.

우리는 같은 새들이다,
같은 깃털을 가지고 있으며 같은 부리를 가졌다
We are birds of the same feather, with the same beak and the same feathers

이 격언은 인종, 국가, 성별 등 어떤 차별도 없이 모든 인간은 서로 평등하며, 모두가 동일한 인권을 가지고 있다는 의미를 담고 있다. 공동체의 동질성, 소속감의 중요성을 강뜻한다. 우리가 서로의 유사성을 인식하고, 그 기반 위에서 서로를 이해하고 협력하여 공동의 목표를 이루어나가야 한다는 교훈이다.

친구가 되기 위해서는 강물과 같이 차가워야 한다
To become friends, one must be as cool as a river

서로 너무 가까이 다가가지 않는 것이 좋다는 뜻이다. 불가근불가원不可近不可遠이다. 우정을 유지하는 데 있어 감정의 균형, 객관성, 독립성, 그리고 지속성의 중요성을 담고 있다. 친구 관계에서 때로는 냉철한 태도가 진정한 우정을 오래도록 지속시키는 데 필요하다는 교훈을 전한다.

일을 시작하지 않으면 실패할 수 없다

If you don't start, you can't fail

일을 시작하지 않으면 아무것도 이룰 수 없다는 경고의 뜻이다. 도전, 안락지대의 위험, 실패의 두려움 극복, 결단력, 그리고 실패를 통한 학습의 중요성을 강조한다. 실패를 두려워하지 말고, 새로운 일에 도전하여 성장과 발전을 추구해야 한다는 교훈을 전달한다.

우리가 모르는 것은 많지만
우리가 알고 있는 것도 많다

There is much we don't know, but there is also much we do know

지식을 쌓아 나갈수록 알아야 할 것이 더 많아진다는 뜻이다. 겸손함, 자기 인식, 지속적인 학습, 지식의 균형, 상호의존성, 그리고 탐구와 호기심의 중요성을 강조한다. 우리가 현재의 지식을 인정하면서도 끊임없이 배움을 추구하고 성장해야 한다는 교훈이다.

라일라 오딩가Raila Odinga

케냐의 정치인 라일라 오딩가는 특히 자신이 주장하는 정치적 목표와 아프리카 전통의 중요성을 강조하는 격언을 인용하는 경우가 많았다.

우리 조상들은 우리를 위해 나무를 심었다
우리는 오늘 그 나무 그늘 아래에서 휴식을 취한다
Our ancestors planted trees for us Today, we find shade under those trees to rest

이 격언은 우리 조상들이 오랫동안 전통적인 방식으로 대자연을 존중하며 살아가며, 나무를 심어 그 성장을 지켜나가며 오늘날 우리가 그 나무 그늘에서 휴식을 취할 수 있다는 것을 시사한다. 이는 과거 세대가 현재 세대를 위해 노력하고 준비하며, 그 노력의 결실이 현재 세대에게 도움이 되는 것을 의미한다. 따라서 대자연을 존중하며, 우리의 환경을 보호하고 가꾸는 것이 우리 미래를 위한 중요한 역할을 한다 교훈이다.

길고 먼 여행은 첫걸음부터 시작된다
A long and distant journey begins with the first step

이 격언을 비유적으로 사용했다. 한 사람의 손으로는 전체 마을을 만들 수 없다. 잊혀 진 역사를 다시 찾아가지 않으면, 새로운 길을 열 수 없다. 좋은 리더십은 민중이 따르는 것이다.

로버트 맥나마라 Robert McNamara

맥나마라 총재는 필자가 23년간 일했던 나이지리아 소재 국제 열대 농학연구소 IITA를 방문하여 내병다수성 카사바 개량 연구에 대한 이야기를 듣고 아프리카 지도자 포럼에서 아프리카 지도자들에게 널리 선전하여 준 고마운 분이기도 하다. 그가 세계은행 총재로 재직하였을 때 국제 농학연구소들을 관장할 수 있는 기구 CGIAR를 세계은행 안에 위치시켜 도왔다. 맥나마라 총재는 2009년 아프리카 연합 OAU 정상 회의에서 아프리카 지도자 포럼의 회의를 주재하면서 다음과 같은 아프리카 격언도 인용하였다.

만약 당신이 빠른 것을 원한다면 혼자 가라, 만약 먼 것을 원한다면 함께 가라
If you want to go fast, go alone; if you want to go far, go together

이 격언은 아프리카에서 가장 널리 알려진 격언으로 혼자서는 빠른 속도로 나아갈 수 있지만, 멀리 있는 목적지를 이루기 위해서는 다른 사람들과 함께해야 한다는 것을 말해 준다. 이는 아프리카 사회에서 공동체 의식이 강하다는 점을 반영하고 있으며, 혼자서는 한계가 있지만 함께하면 더 큰 성과를 이룰 수 있다는 것을 강조하였다. 맥나마라 총재는 이 격언을 통해 아프리카 지역의 개발과 번영에 대한 비전을 제시하고자 했다. 이를 통해 혼자서는 한계가 있으나, 모두가 함께하면 아프리카 대륙이 더 나은 미래를 만들어 갈 수 있다는 것을 강조하였다.

만약 당신이 나무를 심는다면, 그것은 100년 동안의 계획이다 사람들을 교육시킨다면, 그것도 100년 동안의 계획이다

If you plant a tree, it is a 100-year plan If you educate people, it is also a 100-year plan

현재 행동의 중요성과 그것이 미래에 어떤 영향을 미칠 수 있는지를 강조하는 것이다. 나무를 심는 것은 즉시 이루어지는 것이 아니며, 시간이 지나야 결과를 볼 수 있다. 하지만 그 결과는 오랜 기간에 걸쳐 이어질 수 있다. 이 격언은 당신이 현재 어떤 행동을 하는지에 따라 미래가 결정될 수 있다는 것을 뜻한다. 집중하고 지속적인 노력을 통해 현재의 행동이 미래에 긍정적인 영향을 미칠 수 있다는 것을 나타낸다.

평화는 발전의 첫 번째 조건이다

Peace is the first condition for progress

많은 인용과 격언에서 사용되는 문구 중 하나다. 이 문구는 경제 발전과 사회 진보가 실현될 수 있는 기본 조건으로서 평화의 중요성을 강조한다. 즉, 전쟁과 갈등이 없는 안정적인 사회적 분위기가 형성되어야 더 나은 미래를 향해 나아갈 수 있으며, 이를 위해서는 평화 유지와 함께 공정한 경제 발전과 사회적 변화가 필요하다는 것을 나타낸다.

작은 것들을 하나씩 모아 큰 것을 만들라

Gather small things one by one to create something big

이 격언은 일을 할 때, 작은 부분부터 차근차근 해나가야 큰 목표를 달성할 수 있다는 뜻이다. 작은 일이 모여서 큰일을 이루기 때문에 작은 것들을 하나씩 모아 큰 것을 만드는 것이 중요하다는 것을 강조하고 있다.

천천히 가더라도 그대는 앞으로 나아가고 있다

Even if you're going slowly, you're still moving forward

이 격언은 시간이 지나도 포기하지 말고 노력하면 결국에는 목표를 이룰 수 있다는 것을 말하고 있다. 성취하려는 것이 크고 멀리 떨어져 있더라도 조급해하지 않고 천천히 하더라도 지속적으로 나아가서 목적지에 도착할 수 있다는 것을 상기시켜주는 격언이다. 이러한 격언들은 아프리카 대륙의 문화와 철학, 지혜를 담고 있으며, 맥나마라 총재는 이러한 격언들을 인용하여 아프리카 대륙의 미래에 대한 비전과 열정을 나타내고자 했다.

땅에 빚지지 마라
훗날 땅이 엄청난 이자를 요구할 것이다
Do not incur debts to the land, for one day the land will demand tremendous interest

맥나마라 총재는 이 격언을 인용하여, 아프리카 대륙의 지속 가능한 개발과 경제 성장에 대한 관심과 책임을 강조하였다. 이 격언은 농업이나 자연환경을 비롯하여, 인간의 삶과 경제 활동에서 지속 가능성의 중요성을 강조하는 내용으로 해석된다. 즉, 우리는 현재 지구와 자원들을 빌려서 사용하고 있기 때문에, 이를 지속 가능하게 유지하기 위해서는 땅이나 자원 등에 대한 책임적인 사용과 관리가 필요하며, 그렇지 않으면 미래에 큰 대가를 치를 수밖에 없다는 경고를 담고 있다. 이 격언은 땅이나 자원에 대한 지속 가능한 관리와 사용의 중요성을 강조하는 것으로, 아프리카 지역에서는 환경 문제와 지속 가능한 발전에 대한 관심도 높아졌다.

한상기Han Sang Ki

한국인 최초로 아프리카 추장이 된 과학자다. 1970년대 아프리카의 주식작물 카사바가 병들어 아사자가 속출하고 아프리카 전역이 식량난에 허덕였을 때, 미지의 대륙 아프리카로 날아가 카사바, 얌 등 작물 개량 연구에 청춘을 바쳤다. 그러한 공로로 나이지리아 이키레읍에서 '농민의 왕'이라는 칭호의 추장이 되었다.

아래의 격언은 이키레 읍 사람들이 식량이 부족하게 되어 추장에게 몰려와서 지혜를 구할때 필자가 그들에게 해주고 싶은 격언이다.

어려움은 새로운 기회를 위한 문을 엽니다
Difficulties open the door to new opportunities

이 격언은 어려운 시기에는 식량 부족은 문제이지만, 이를 극복하면 새로운 기회와 개선된 상황을 만들 수 있다는 희망을 심어줄 수 있다. 새로운 아이디어와 가능성이 생길 수 있다는 긍정적인 메시지를 전달한다.

희망을 잃지 말고, 함께 더 나은 미래를 만들어 나가요
Do not lose hope, and let's together create a better future

이 격언은 현재의 어려운 상황에도 불구하고 희망을 잃지 말고 모두가 함께 노력하여 미래를 개선해 나가야 한다는 메시지를 전달한다. 희망을 잃지 않고 당신과 이키레 읍의 사람들이 함께 노력하면 식량 부족 문제를 극복할 수 있음을 암시한다.

우리는 폭풍 속에서도 강해집니다
We grow stronger even amidst the storm

이 격언은 어려움과 역경을 극복하는 능력을 강조한다. 작물의 병으로 인해 식량 부족이 발생한 상황에서도 농민들은 강하고 용기 있게 힘을 내야 한다는 메시지를 전달한다.

우리는 자연의 일부입니다,
그리고 자연은 언젠가 다시 웃을 것입니다
We are part of nature, and nature will smile again someday

이 격언은 자연의 변화와 순환에 대한 믿음을 전달한다. 작물의 병으로 인해 어둠이 밀려오는 상황일지라도, 자연은 언젠가 회복되고 다시 번영할 것임을 상기시켜준다.

우리의 힘은 우리의 공동체에 있습니다
Our strength lies within our community

이 격언은 공동체의 힘과 협력의 중요성을 강조한다. 작물의 병으로 인해 식량 부족이 발생한 상황에서는 이키레 읍의 농민들이 서로에게 지지하고 돕는다면 어려움을 극복할 수 있다는 메시지를 전달한다.

아프리카 노래와 춤 그리고 문화와 미술

오늘날 아프리카의 문화와 전통은 전 세계에 전달되어 널리 애용되고 있다. 세계의 젊은이들이 즐기는 음악과 춤은 아프리카에 깊게 뿌리를 두고 있으며, 아프리카 음악과 춤이 미 대륙에 상륙해 브라질, 아르헨티나, 쿠바, 자메이카 등지에 전해져 각기 특정적으로 발전하여 단단한 뿌리를 내렸다. 서양인들이 한때 아프리카 노래와 춤을 야만적이라 했지만, 그 야만적인 노래와 춤이 아름다운 예술적 노래와 춤으로 변신 되어 이제는 전 세계 젊은이들을 사로잡고 있는 것이다.

아프리카 음악과 춤이 세계 각지로 퍼져가며 각 지역의 문화와 특성을 반영하고 발전시키는 모습은 흥미로운 현상이다. 이는 다양하고 풍부한 아프리카 전통과 문화가 세계 문화 발전과 교류로 서로를 이해하고 연결하는 데 큰 역할을 한다는 것이다. 아프리카는 문화적으로 매우 풍부한 대륙으로 그들의 음악, 춤, 미술 등은 전 세계적으로 영향력이 크다. 아프리카의 문화적 유산은 다양성과 창의성을 바탕으로 하며, 이는 세계 각지의 사람들에게 영감과 영향을 미치고 있으며, 사람들의 마음을 사로잡는다.

아프리카의 미술도 세계적인 영향력을 지니고 있다. 특히 조각품, 회화, 텍스타일 등은 고유한 스타일과 상징성을 가지고 있으며, 이는 전 세계적으로 미술 작품에 영감을 주고 있다. 이처럼 아프리카 문화의 영향은 현대 예술, 음악, 패션, 디자인, 미디어 등 다양한 분야에 미치고 있으며, 세계 각지의 사람들이 아프리카의 다양성과 창의성을 경험하고 즐기고 있다. 이는 문화적 교류와 이해를 촉진하며, 서로 다른 문화 간의 연결을 강화하는 데 큰 역할을 한다.

카리브 해 지역의 아프리카 음악과 춤

이 지역은 아프리카인들의 노예로 끌려간 곳 중 하나로, 그들의 문화가 현지 문화와 결합하면서 독특한 음악과 춤 스타일을 형성하는 데 큰 영향을 미쳤다. 이러한 음악과 춤은 카리브 해 지역에서 풍부한 다양성을 보여주며, 아프리카 음악과 춤이 현지 문화와 어우러져 발전한 흥미로운 사례다.

- 레게Reggae : 자메이카에서 발전한 음악 장르로 아프리카의 리듬과 유럽의 음악 요소를 결합하고 있다. 이는 아프리카인 특히 자메이카인의 문화와 정치적인 이슈를 반영하며, 세계적으로 많은 인기를 얻고 있다.
- 캘립소Calypso : 트리니다드와 토바고를 비롯한 카리브 해 지역에서 유래한 음악 장르로 아프리카의 리듬과 서양의 음악 스타일이 결합되어 있다. 주로 트리니다드와 토바고의 카니발 축제에서 연주되며 사회적, 정치적인 주제를 다루기도 한다.
- 봄바Bomba : 푸에르토리코의 빈자는 아프리카 음악과 춤의 영향을 받은 장르 중 하나로, 드럼과 춤으로 이루어져 있으며, 푸에르토리코의 문화적 특성을 반영한다.

브라질의 아프리카 음악과 춤

대서양을 통해 노예로 끌려간 아프리카인들의 문화가 브라질의 음악과 춤에 큰 영향을 주었다. 아프리카 문화 요소는 브라질의 다양한 음악 장르와 춤 스타일에 뿌리를 내렸으며, 현재까지도 브라질의 문화에 큰 영향을 끼치고 있다.

- 삼바Samba : 브라질에서 가장 유명한 음악 장르 중 하나로, 아프리카 음악과 춤의 영향을 크게 받았다. 특히 삼바의 리듬은 아프리카의 춤과 드럼 성악에서 비롯되었다. 삼바는 브라질의 카니발 축제에서 주로 연주되며, 세계적으로 유명하다.
- 카포에라Capoeira : 브라질의 전통적인 무예로, 아프리카의 무예와 춤이 결합된 형태이다. 이는 브라질의 아프리카인 노예들이 자유를 얻지 못한 상황에서 자신

을 방어하고 문화를 유지하기 위해 발전되었다.

- 마라카투Maracatu : 브라질의 페르난두불 주를 중심으로 하는 음악과 춤의 형태로, 아프리카의 음악 요소와 문화적 특성을 반영하고 있다. 특히 마라카투은 페르난두불 주의 카르나발 축제에서 중요한 역할을 한다.

이처럼 아프리카로부터 전래된 음악과 춤은 전 세계적으로 큰 영향을 미치고 있다. 이러한 영향은 다양한 방법으로 나타나며, 전 세계의 음악, 춤, 문화에 깊은 흔적을 남기고 있다. 몇 가지 주요한 영향은 다음과 같다.

- 음악 장르의 영향 : 아프리카 음악은 세계 각지에서 다양한 음악 장르에 영향을 주었다. 예를 들어, 아프로비트는 펠라 쿠티Fela Kuti의 창작으로부터 시작되었지만, 이는 라틴 음악, 팝 음악, 힙합, 소울 등 다양한 장르에 영향을 주고 있다. 아프로비트는 1970년대 후반부터 1980년대에 나이지리아의 음악가 펠라 쿠티에 의해 개척되었다. 이 음악 장르는 편견과 부패에 대한 사회적 비판을 담은 가사와 함께 춤을 추며 리듬에 중점을 둔다. 펠라 쿠티는 나이지리아의 음악가이자 사회운동가로, 아프로비트Afrobeat 음악 장르를 창시한 인물로 알려져 있다. 그의 음악은 사회적 이슈에 대한 비판적인 메시지와 아프리카의 문화적 유산을 결합한 것으로 유명하다. 또한 하이라이프Highlife는 서부 아프리카의 음악 장르로, 간주되는 곳에 따라 다양한 변형이 있다. 이 음악은 20세기 초기부터 발전하여 나이지리아와 가나를 중심으로 유명해졌으며, 그 후에는 브라질, 자메이카, 미국 등에도 영향을 미쳤다.
- 춤의 영향 : 아프리카 춤의 영향은 세계 각지에서 발견된다. 삼바는 브라질과 카리브 해 지역에서 유래한 춤이지만, 이들의 영향은 세계적으로 확산되어 있다. 또한 아프리카 춤의 요소는 현대 댄스, 힙합 댄스, 라틴 댄스 등의 다양한 춤 스타일에도 반영되고 있다.
- 문화적 영향 : 아프리카 문화는 음악과 춤뿐만 아니라 미술, 음식, 패션 등 다양한

측면에서도 세계 문화에 영향을 미쳤다. 아프리카의 패션 스타일이 세계적인 패션 트렌드에 큰 영향을 주고 있으며, 아프리카의 미술은 현대 미술과 디자인에도 영감을 제공하고 있다.

아프리카 음악과 춤은 미주에도 상당히 오래전부터 전달되었다. 특히 대서양 통로를 통해 아프리카인들이 노예로 끌려간 뒤, 그들의 음악과 춤은 미주로 가져가면서 현지 문화와 융합되었다. 이러한 문화적 교류는 아프리카 음악과 춤이 미주에서 발전하고 퍼지는 데 중요한 역할을 했다. 아프리카 음악과 춤이 미주에서 어떻게 발전했는지에 대한 몇 가지 예시는 다음과 같다.

- 블루스Blues : 미국의 음악 장르로, 주로 아프리카인-미국인의 노예로서의 경험과 그들의 문화적 배경에서 비롯되었다. 블루스는 아프리카의 리듬과 멜로디를 기반으로 하며, 아프리카인들의 감정적인 경험과 이야기를 전달한다.
- 재즈Jazz : 미국에서 발전한 음악 장르 중 하나로, 아프리카 음악과 유럽 음악의 요소를 결합한 것으로 알려져 있다. 특히 뉴올리언스New Orleans의 재즈는 아프리카 문화와 크레올(서부 아프리카 지방 영어) 문화의 융합으로 인해 독특한 스타일을 형성했다.
- 힙합Hip-hop : 미국에서 아프리카 음악과 춤의 영향을 받아 발전한 문화적 현상이다. 이는 아프리카인-미국인의 공동체에서 시작되었으며, 랩, DJ, 브레이킹 등의 요소를 포함하고 있다.

이처럼 아프리카 음악과 춤은 미주에서 다양한 형태로 발전하고 있으며, 전 세계적으로 많은 영향을 끼치고 있다.

그럼 한국의 K팝도 아프리카 예술의 영향을 받지 않았을까? 한국의 K-pop은 다양한 문화적 요소와 영향을 받아 발전해 온 문화 현상이다. 한국의 음악 산업은 세계적인 팝 음악의 영향을 받았으며, 특히 미국과 유럽의 팝 음악에 큰 영향을 받았다. 따라서 K-pop이 아프리카 음악과 춤의 영향을 받았을 가능성을 부인하기 어렵다.

- 리듬과 춤 스타일 : K-pop은 매력적인 리듬과 화려한 춤 스타일로 유명하다. 이러한 춤 스타일은 아프리카 음악과 춤의 영향을 받았을 가능성이 있다. 특히 아프로비트와 같은 춤 스타일은 아프리카 춤의 영향을 받아 발전하였을 수 있다.
- 음악 요소와 인스트루먼트 : K-pop은 다양한 음악 요소와 인스트루먼트를 사용하여 다채로운 사운드를 구성한다. 아프리카 음악의 퍼커션Percussion과 드럼, 그리고 다양한 음악적 요소가 K-pop에 통합되어 사용될 수 있다.
- 글로벌한 영향력 : K-pop은 글로벌한 팬 베이스를 보유하고 있으며, 이는 다양한 문화적 요소와 영향을 받았음을 시사한다. 아프리카 음악과 춤 역시 전 세계적으로 인기 있는 문화 현상 중 하나로, 이는 K-pop에도 영향을 줄 수 있다.

또한 아프리카의 문화는 현대 미술에도 많은 영향을 끼쳤는데 현대 미술의 거장 피카소도 아프리카 미술의 영향을 받았다. 피카소Pablo Picasso는 아프리카 미술의 영향을 받은 주요한 현대 미술가 중 하나다. 특히 그의 작품 중 일부는 아프리카 예술의 요소와 영감을 드러내고 있다. 피카소가 아프리카 미술의 영향을 받게 된 배경에는 여러 가지 요인이 있다:

- 파리의 아프리카 예술 컬렉션 : 20세기 초반, 파리는 아프리카와 다른 문화를 탐험하고 수집하기 위한 중심지 중 하나였다. 피카소 또한 파리에서 아프리카 예술과 조각품을 관찰하고 수집하는 기회를 가졌으며, 이는 그의 작품에 영향을 미쳤다.
- 감각적인 영감 : 아프리카 예술은 독특한 형태와 패턴 그리고 표현력 있는 심벌과 모티프를 가지고 있다. 피카소는 이러한 아프리카 예술의 특징을 감각적으로 이해하고 이를 자신의 작품에 적용했다.

- 형식적인 실험 : 피카소는 형식적인 실험을 통해 새로운 예술적 언어를 발견하고
  자 했다. 아프리카 예술의 단순하고 강렬한 형태는 그에게 새로운 시각적 언어를
  탐구하는 데 도움이 되었다.

피카소의 작품 중에는 아프리카 예술의 영향을 뚜렷하게 보여주는 것들이 있다. 그
의 대표작 중 하나인 '아비뇽의 여성들Les Demoiselles d'Avignon'은 아프리카 조각품
의 비슷한 형태와 미적 요소를 반영하고 있다. 또한 그의 조각 작품들도 아프리카
예술의 형식적 요소를 반영하고 있다. 이처럼 피카소는 아프리카 미술의 영향을 통
해 현대 미술의 발전에 중요한 역할을 하였으며, 그의 작품은 아프리카 예술과 서
구 예술 간의 다양한 상호작용을 보여주고 있다.

아프리카의 노래, 춤, 그리고 미술은 종종 그들의 신앙과 초자연적인 신념과 관련
이 깊다. 아프리카 문화에서는 자연, 영혼 그리고 혼령들에 대한 신앙이 중요한 역
할을 한다. 이러한 신앙은 그들의 예술과 문화에 반영되어 다양한 형태로 표현된
다. 또한 아프리카인들의 노래, 춤, 미술 등은 그들의 전통과도 깊은 관련이 있다.
아프리카 대륙은 매우 다양한 문화와 전통을 보유하고 있으며, 그중에는 수 세기에
걸쳐 전승되고 발전된 문화적 특성들이 포함되어 있다. 특히 아프리카 격언이 노래
로 전승되어온 것들이 많다. 이러한 전통은 아프리카 문화의 핵심을 이루며, 그들
의 예술과 문화적 활동에 큰 영향을 미친다.

- 노래와 춤 : 아프리카의 노래와 춤은 종종 종교 의식이나 음악적인 행사에서 사
  용된다. 이들은 자연의 힘과 신성한 존재들에 대한 경외와 예배를 나타내는데 사
  용될 수 있다. 특히 퍼커션Percussion과 리듬은 신성한 의식과 음악적인 경험에서
  중요한 역할을 한다.
- 미술 : 아프리카의 미술은 종종 신성한 주제나 초자연적인 존재들을 다룬다. 특
  히 조각품이나 회화에서는 신의 상징이나 영혼의 형상을 표현하는 경우가 많다.

이는 종교적인 의식이나 전통적인 의식에서 사용되는 물건들로서 신성한 의미를 지니기도 한다.

- 상징과 모티프 : 아프리카 예술에서는 종종 신성한 상징과 모티프들이 사용된다. 이는 자연의 힘, 영혼의 존재 그리고 예술가의 개인적인 경험과 연결된 신성한 의미를 지닐 수 있다. 이러한 상징과 모티프들은 아프리카 문화의 다양성과 신앙의 복잡성을 보여준다.

- 언어와 이야기 : 아프리카인들은 자신들의 역사, 전설, 신화를 전달하기 위해 언어와 이야기를 사용한다. 이러한 이야기는 노래, 춤, 그림 등을 통해 전통적으로 전달되어 왔으며, 그들의 문화와 아이덴티티를 형성하는 데 중요한 역할을 한다. 문자가 없는 아프리카인들의 수많은 아프리카 격언도 이런 형식으로 후대에 전해져 왔다.

- 의식과 의례 : 아프리카 문화에서는 다양한 종교적, 예술적 의식과 의례가 있다. 이들의 의식과 의례는 공동체의 연결과 유지, 신앙의 표현 그리고 개인과 공동체의 변화와 발전을 나타내는데 사용된다.

- 가족과 공동체 : 아프리카 문화에서는 가족과 공동체가 중요한 가치를 지니고 있다. 그들의 전통은 가족과 공동체의 연결과 상호작용을 강조하며 이를 통해 인간관계와 사회적 구조를 형성하고 유지한다.

- 예술과 공예품 : 아프리카의 미술과 공예품은 그들의 전통과 문화적 유산을 반영한다. 이들은 종종 전통적인 기술과 소재를 사용하여 만들어지며, 주변 환경과 자연의 소재를 활용하여 다양한 작품을 창조한다.

이처럼 아프리카인들의 전통은 그들의 예술과 문화 활동의 근간을 이루며, 아이덴티티와 정체성을 형성하는 중요한 요소 중 하나다. 그들의 전통은 시간이 흐름에 따라 변화하고 발전하면서도 그 핵심 가치와 유산을 유지하고 있다.

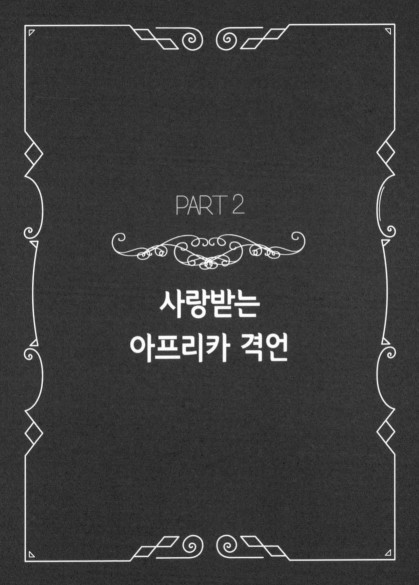

PART 2

사랑받는
아프리카 격언

빠르게 가고 싶다면 혼자 가고,
멀리 가고 싶다면 함께 가라

If you want to go fast, go alone;
if you want to go far, go together

아프리카 격언

아프리카는 매우 다양한 문화와 언어를 가진 대륙이기 때문에, 지역에 따라 다를 수 있지만, 이 격언은 일반적으로 아프리카에서 가장 널리 알려져 있고 자주 인용되는 격언이다.

빠른 결정과 행동이 필요한 상황에서는 혼자서 빠르게 움직여야 하지만, 더 큰 목표나 꿈을 이루기 위해서는 협력과 지원이 필요하다는 것을 나타낸다. 혼자서는 한계가 있을 수 있고, 더 먼 곳을 향해 나아가려면 다른 사람들과의 협력이 필요하지만, 함께하는 동료들의 지원과 협력이 있다면 어려운 상황을 극복하고, 더 큰 성과를 이룰 수 있는 것이다.

생선 한 끼를 주면 그날 한 끼지만,
낚시를 가르쳐 주면 평생 먹을 수 있다

hat day, but if you teach me to fish,
I can eat it for the rest of my life

아프리카 격언

이 격언은 단기적인 해결책 대신 장기적인 자립과 능력 향상의 중요성을 강조한다. 다른 사람에게서 받은 지원이나 도움은 한정적이며, 그것만으로는 장기적인 문제 해결에는 부족할 수 있다고 지적한다. 그러므로 자기 자신의 능력과 기술을 향상시키는 것의 중요하다. 낚시를 배우면 스스로 생존할 수 있는 능력을 갖추게 되어 평생 동안 먹고 살 수 있게 된다. 따라서 단기적인 해결책에만 의존하지 말고 장기적인 안목을 가지고 노력하고 배우며 자기 자신의 능력을 키워야 한다.

지식은 무게가 없지만
가치가 있다

Knowledge has no weight,
but it has value

아프리카 격언

    지식이 물리적인 무게를 가지고 있지 않다. 책이나 문서의 페이지 수와는 관계없이, 지식은 물질적인 형태로 측정할 수 없는 것이기 때문이다. 하지만 지식은 우리의 시야를 넓히고, 문제 해결 능력을 향상시키며, 새로운 아이디어를 창출할 수 있는 열쇠이다. 또한, 지식은 우리의 삶을 더 풍요롭고 의미 있게 만들어 줄 수 있다. 따라서, 지식을 얻고 발전시키는 것은 우리의 삶에 큰 가치를 제공할 수 있다. 그러므로 우리는 지식을 소중히 여겨 후세에게 전승해야 하며, 그것을 통해 더욱 성장하고 발전해 나가야 한다.

존경은 먹을 것이 아니지만
먹을 것보다 낫다

Respect is not something you can eat,
but it's better than something you can eat

아프리카 격언

아프리카의 부족사회는 추장이나 원로들의 권위로 공동체가 운영된다. 만약 부족의 추장이나 원로들이 존경을 받지 못한다면, 공동체는 지속되지 못고, 부족민들의 의식주 등의 모든 면이 위협을 받게 될 것이다. 식량도 중요하지만, 공동체의 정신적, 사회적, 인간적인 가치인 존경심도 중요한 이유다. 이러한 가치는 문명사회를 지탱하는 매개체가 된다. 존경은 인간관계에서 중요한 역할을 하며, 서로를 존중하고 예의 바르게 행동함으로써 좋은 인간관계를 유지할 수 있다.

바위는 물을 뚫지 못하지만,
물의 지속적인 흐름은 바위를 뚫는다

A rock cannot penetrate water,

but the continuous flow of water can penetrate a rock

아프리카 격언

바위는 강한 재료로서 처음에는 물의 흐름을 막을 수 있다. 그러나 물은 지속적으로 바위에 부딪히고 흐르면서, 시간이 지나면 바위의 표면을 깎고 속을 파내게 된다. 이는 우리가 처음에는 어렵고 해결하기 어려운 문제를 직면했을 때에도, 꾸준한 노력과 인내심을 가지고 시간을 투자하면 어떤 일이든 이룰 수 있다는 의미를 담고 있다. 작은 변화나 성취가 일시적이고 쉽게 보일 수 있지만, 시간이 흘러가면서 큰 영향을 미칠 수 있다는 것을 암시한다. 이 격언은 약자가 직면하는 어떤 문제나 어려움이 있을지라도 포기하지 않고 지속적인 노력과 인내를 가지고 노력하면 극복해 나갈 수 있다는 뜻을 전하고 있다.

원숭이가 일하고
개코원숭이가 먹는다

Monkeys work and
baboons eat

아프리카 격언

가나 농림장관이 필자에게 위의 격언을 알려주었다. '힘이 작은 원숭이는 땀 흘리며 애써 일하고, 힘센 개코원숭이는 원숭이가 애써 따 온 바나나를 뺏어 먹는다'라는 뜻이다. 노동자들이 노력하는 동안 다른 사람들이 그들의 수고를 즐기는 상황을 비꼬는 데 사용된다. 노동자들이 일하는 동안 상급자나 다른 이들이 그들의 노력의 결실을 누리는 것을 비판하는 내용이다.

포효만 하는 사자는
먹이를 죽일 수 없다

A lion that only roars
cannot kill its prey

가나 격언

소리를 크게 지르는 것만으로는 문제를 해결할 수 없다는 것을 말해준다. 소리를 지르는 것은 행동을 취하는 데는 도움이 될 수 있을지는 모르지만, 해결로 이끄는 데는 아무런 도움이 되지 못한다.

사람이나 기업이나 말만 크게 하고 행동으로 이어지지 않는다면 아무것도 이룰 수 없다. 이 격언은 행동과 결과 사이의 관계를 강조하며, 과도한 감정이나 호기심에 사로잡히지 않고 차분하고 집중력 있는 행동을 취해야 한다고 전하고 있다.

나무의 뿌리가 썩으면,
가지로 죽음이 옮겨 간다

When the roots of a tree begin to decay,
it spreads death to the branches

나이지리아 격언

문제를 해결할 때 근본적인 원인을 다루고, 작은 문제를 방치하지 않는 것의 중요성을 전한다. 나무의 뿌리가 썩으면 영양 공급이 저하되고 나무 전체에 악영향을 미친다. 나무에서 뿌리의 부패는 시작 단계에서는 작은 문제로 보일 수 있지만, 그것이 무시되면 점차적으로 나무의 다른 부분에도 전파될 수 있기 때문이다. 문제가 발생하면 빠르게 대처하고 해결하고, 더 큰 파장을 일으킬 수 있는 문제의 근본 원인을 파악해야 한다는 뜻이다. 따라서 문제의 근본이 해결되지 않으면 해당 문제가 전반적인 영향을 미칠 수 있다. 이는 우리 삶에서도 작은 문제를 무시하면 점점 더 심각한 결과로 이어질 수 있다는 경고다.

오케스트라를 이끌고 싶은 사람은
군중에 등을 돌려야 한다

Anyone who wants to lead the orchestra
should turn their back on the crowd

가나 격언

음악회의 오케스트라를 이끄는 사람은 관객에 등을 돌려야 지휘를 할 수 있는데, 관객들과 상호작용하지 않아야 효과적으로 지휘를 할 수 있다. 이 격언은 리더십의 본질적인 요소 중 하나인 결단력과 독립적인 사고를 강조한다. 리더는 일부의 찬사나 사회적 승인을 추구하는 것보다는 목표 달성에 집중하고, 자신의 비전과 가치를 소중히 여겨야 한다는 것이다. 따라서 리더는 주변의 의견이나 기대에 영향받지 않고 자신의 비전과 목표를 추구해야 하며, 주변의 노이즈나 영향에 휩싸이지 않고 자신의 비전과 목표를 달성하기 위해 일관성 있고 결단력 있는 행동을 취해야 한다.

배우는 사람은
가르친다

The learner

teaches

에티오피아 격언

    지식을 가르치는 것은 단순히 개인적인 이익을 넘어 다른 사람들에게 도움이 되는 행위다. 이 격언은 배우고 습득한 지식을 가르치며, 다른 사람들을 교육하고 영감을 주는 것은 보람 있는 일이라는 의미를 담고 있다. 지식의 가치와 함께, 배우는 것만으로는 충분하지 않고 그 지식을 다른 사람과 공유하고 가르치는 것은 중요한 일이다. 배우는 과정에서 얻은 지식을 나누는 것은 상호 교류와 발전에 도움을 줄 뿐만 아니라, 더 깊은 이해와 새로운 통찰력을 얻을 수 있는 기회가 되는 것이다.

가족의 유대는 나무와 같아서
휘어질 수는 있어도 부러지지는 않는다

A family tie is like a tree,
it can bend but it cannot break

아프리카 격언

이 격언은 가족의 중요성과 가족 관계의 강도를 강조한다. 올바른 가족이라면 서로를 지지하고 돌보며, 어려운 시기나 갈등이 있어도 결속력을 유지한다. 어려운 상황에서 힘과 지지를 해주며, 서로를 이해하고 협력하여 어떤 어려움도 극복할 수 있는 힘이 되어 준다. 이처럼 가족의 유대가 강하면 어려운 시기나 문제에 직면했을 때 서로를 지지하고 힘을 발휘할 수 있다. 유대가 꺾일 수 있지만 결코 완전히 부러지지는 않으므로, 가족들은 함께 협력하여 어려움을 극복할 수 있다.

못생긴 사람을 사랑하는 사람이
그를 아름답게 만드는 사람이다

The one who loves an unsightly person is
the one who makes him beautiful

우간다 격언

진정한 사랑은 외모를 넘어서는 것이다. 못생긴 외모나 외형적인 결함을 가진 사람을 사랑하는 사람은, 그 사람에게서 아름다움을 발견하고 강조함으로써 그를 아름답게 만들 수 있다. 사랑은 외모에 기반한 표면적인 것이 아니라, 진정한 연결과 이해를 통해 아름다움을 찾아내는 일이기 때문이다. 이처럼 이 격언은 사랑이 아름다움을 창출할 수 있는 힘을 갖고 있다는 것을 전하고 있다.

첫 번째 걸음을 내딛지 않으면
산을 오를 수 없다

You cannot climb a mountain
without taking the first step

케냐 격언

이 격언은 어떤 큰 목표를 이루기 위해서는 첫 번째 단계를 밟아야 한다는 것을 말한다.

산을 오르기 위해서는 먼저 발을 내딛겠다는 결심과 실제적인 행동이 필요하다. 산을 오르려면 먼저 발을 내디뎌야 하듯이, 어떤 일을 시작하려면 첫 번째 행동을 취해야 한다. 첫 번째 단계를 밟는 것은 그 결심을 실제로 실행에 옮기는 것을 의미하며, 이는 어떤 목표를 이루기 위해서는 매우 중요한 단계인 것이다.

건강한 사람이 음식을 구걸하는 것은
관대한 농부에 대한 모욕이다

A healthy person who begs for food is
an insult to a generous farmer

나이지리아 격언

건강한 사람이 음식을 구걸하는 행위는 자신의 능력을 적절히 활용하지 못하고 남에게 의존하는 행위이다. 음식을 구걸하는 행위는 자신의 노력을 게을리하고 타인에게 부담을 지우는 것이다. 여기서 관대한 농부는 자신의 노력과 자원을 활용하여 다른 사람들에게 도움을 주는 사람을 상징한다. 이 격언은 자신의 능력을 통해 자립해야 한다는 뜻을 담고 있다. 따라서 개인의 노력과 자립이 중요하며, 건강한 사람이라면 자신의 능력을 적절히 활용하여 타인에게 의존하지 않고 살아야 한다는 점을 비유적으로 말하고 있다.

좋은 이야기는
두 번 맛볼 수 있다

A good story can be

tasted twice

아프리카 격언

이 격언은 좋은 이야기의 가치와 매력을 말한다. 좋은 이야기는 단 한 번의 경험으로도 충분한 즐거움을 줄 수 있지만, 여러 번 들어 보면 더욱 많은 즐거움과 의미를 발견할 수 있다는 뜻이다. 물론, 좋은 이야기는 한 번만 들어도 충분할 수 있지만, 그 이야기를 다시 듣거나 읽으면 더욱 많은 뜻과 즐거움을 얻을 수 있다. 매번 새로운 감동과 통찰을 얻을 수 있기 때문이다. 우리가 명작이라 불리는 영화나 책을 여러 번 보는 것과 같은 이치이다.

사실에 눈을 감으면
사고를 통해 배우게 됩니다

If you close your eyes to facts,
you will learn through accidents

아프리카 격언

이 격언은 사실을 인식하고 학습하는 중요성을 강조한다. 어떤 상황에서는 사실에 대한 인식을 무시하고 현실을 무시하면 예기치 않은 결과와 사고를 경험하게 되는데, 이를 통해 상처를 받으며 우연히 배우게 되는 일들이 생긴다. 따라서 예기치 않은 결과와 사고를 피하기 위해서는 사실에 대한 인식과 학습이 이루어져야 한다. 그래야 계획적인 학습과 정보 습득을 통해 더 나은 결정과 행동을 할 수 있기 때문이다.

만남도 그만큼 인연이고,
떠남도 그만큼 인연이다

Meeting is that much of a relationship,
and leaving is that much of a relationship

아프리카 격언

우리가 만나는 사람들과의 인연은 만남의 순간부터 시작되어 그만큼 의미를 가지며, 떠나는 순간에도 그만큼의 의미를 지닌다. 생각해 보면 모든 만남과 이별은 우리 삶에 의미 있는 인연이라고 생각할 수 있다. 이 격언은 인연이라는 것은 만나는 순간부터 떠날 때까지 계속해서 변하고 이어져간다는 것을 의미한다.

흰 사람과 검은 사람이 동일한 것을
바라본다면, 그것은 불행한 일이다

If the white man and the black man see the same thing,
that is one of the misfortunes

아프리카 격언

어떤 일에서는 인종이나 문화적 배경에 따라서 사람들이 서로 다른 관점을 가질 수 있다. 하지만 우리는 다양성과 서로 다른 관점을 인정하고 존중해야 한다. 그런데 다른 관점을 인정하지 않고 만약 흰 사람과 검은 사람처럼, 그들의 고유한 시각이나 경험에 대한 것들을 무시하고 획일성을 요구한다면, 서로에 대한 이해 부족과 갈등이 생길 것이다. 이는 다양성을 바탕으로 발전하는 인류의 문명에도 불행한 일이다.

늑대의 입으로부터
사슴의 이야기를 듣지 마라

Don't listen to the story of the deer
from the mouth of the wolf

아프리카 격언

비유적으로 늑대와 사슴은 적대적인 관계를 갖고 있다. 늑대가 사슴에 관한 이야기를 전할 때 그것은 자신의 입장이나 목적을 위해 변형되거나 왜곡될 수 있다. 그러므로 우리는 이야기를 들을 때 항상 조심하고 다양한 소스에서 정보를 수집하여 판단하여 행동하는 것이 중요하다는 것을 알아야 한다. 결론은 자신의 이익을 위해 다른 사람이 전하는 이야기를 온전히 믿지 말라는 뜻이다.

오래된 나무가
큰 그늘을 만든다

The old tree makes
a large shadow

아프리카 격언

이 격언은 과거에 노력하고 시간을 투자한 것이 나중에 큰 성과나 혜택을 가져다 준다는 뜻이다. 예를 들어, 학습이나 직업에서 열심히 노력한 경험이, 나중에는 훨씬 더 나은 기회를 만들어내거나 사회적인 영향력을 발휘하는 큰 성공을 이루는 데 도움이 될 수가 있다. 따라서 우리는 오랜 노력과 인내는 미래에 큰 보상으로 이어질 수 있음을 알아야 한다.

개를 구렁텅에서 꺼내 주면
그 개가 문다

You dig the dog out of the
hole then it bites you

카메룬 격언

이 격언은 때로는 다른 사람들을 도와주다가 그들로부터 배신당할 수 있음을 경고하는 말이다. 때로는 우리가 도움을 주거나 상대방을 구원할 때, 그들은 우리를 배신하거나 나쁜 대우를 할 수 있다. 따라서 우리는 다른 사람들을 돕고 지원하는 것도 중요하지만, 그들이 우리에게 나쁜 영향을 끼칠 수 있는 가능성도 있다는 것도 염두에 두어야 한다.

어미 등에 업혀 가는 아이는
길이 얼마나 먼 가를 모른다

A baby on its mother's back
does not know the way is long

아프리카 격언

　어머니 등에 업혀 가는 아이가 어떤 목적지에 도착하는 과정에서 그가 실제로 어디에 가고 있는지 알지 못한다. 이는 특정한 환경이나 상황에서 자신의 위치나 상황을 이해하지 못하는 상태를 나타내고 있다. 이 격언은 등에 업혀 가는 어린아이나 경험이나 인식의 부족한 사람을 빗대어 현재의 상황을 이해하지 못하는 경우에 대한 사용되는 비유적인 표현이다.

하이에나가 제 새끼 잡아먹으려면
새끼에서 양 냄새가 난다고 핑계 댄다

If a hyena wants to eat my baby,
it makes an excuse that the baby smells like sheep

남 수단 딩카 격언

어떤 사람들은 나쁜 행동을 할 때 그 행동을 정당화하거나 변명하지만, 그 변명이 현실적이지 않다. 자기방어나 책임 회피를 위해 허구와 변명으로 일관하기도 한다. 허구나 부당한 이유를 들어 자신의 잘못을 숨기려 든다. 이 격언은 이처럼 자신의 행동에 대해 책임을 지지 않고 타인이나 환경을 비난하는 경향을 비판하는 데 사용된다. 실제로 이유가 되지 않지만, 그들이 자신의 행동을 정당화하기 위해 무엇이든지 주장한다는 의미를 가지고 있다.

크리스마스를 맞이하면
다른 요일은 잊어버린다

When you see Christmas,
you forget the other days of the week

카메룬 베티 격언

이 격언은 크리스마스와 같은 중요한 행사가 우리의 일상적인 일들을 잊어버리거나 간과할 수 있다는 것을 알려준다. 이는 우리가 중요한 일들에 집중할 때 그것이 우리의 일상생활에 영향을 미치는 것을 상기시켜주며, 그 외의 시간에도 중요한 것들을 잊지 않고 관심을 가져야 한다는 것을 알려준다.

사람은 집쥐가 있는 곳에서는
신에게 제물을 바치지 않는다
그렇지 않으면 밤이 되면 서까래를 침범한다

One does not sacrifice to a god in the presence of a house rat
otherwise when night falls it invades the rafters

나이지리아 요루바 격언

이 격언은 우리가 성대하고 진정성 있는 제물을 바쳐도, 그 안에서 작은 결점이 있으면 그 결과는 좋지 않을 수 있다는 것을 알려준다. 완벽하지 않은 상황에서는 우리의 노력이 어떻게 되는지에 대해 신중하게 고민하고 조심해야 한다는 뜻이기도 하다. 이는 일상적인 상황에서도 적용될 수 있으며, 우리가 문제를 해결하려 할 때에는 작은 결점이나 문제를 간과하지 않고 먼저 처리해야 한다는 것을 알려준다.

피를 토해내며 외치게 하는 것을
차마 눈으로 볼 수 없을 것이다

You won't want to see them coughing up blood
and screaming for help

나이지리아 익보 격언

어떤 상황에서 극도의 고통이나 스트레스를 겪을 때, 그 고통을 직접 목격하는 것은 견딜 수 없을 정도로 끔찍한 일이라는 의미를 내포하는 격언이다. 특히 이 격언은 강한 감정이나 극단적인 상황에서의 인간의 모습을 비유적으로 나타내며, 우리가 다른 사람의 고통을 직접 목격할 때 우리의 감정과 심리적인 충격을 강조한다. 때로는 우리는 다른 이의 고통을 목격하고 그에 대한 무력함을 느끼게 되는데, 이는 눈으로 보는 것만으로는 우리가 대처할 수 없는 상황이라는 것을 암시한다.

가장 좋은 나무는
가장 가파른 언덕에서 자란다

The best trees grow on the
steepest hills

이집트 카이로 격언

이 격언은 어떤 환경에서 자라면 더 강하고 튼튼한 결과물을 얻을 수 있다는 문화적인 의미를 내포하고 있으며, 언덕이나 경사진 곳에서 자란 나무는 더욱 강인하고 안정된 성장을 하게 된다는 비유를 담고 있다. 이는 어려운 환경에서의 경험이나 도전이 개인을 더 강하게 만들 수 있다는 관념과 연결될 수 있다. 어려움과 도전을 이겨내는 것은 인생에서 가장 좋은 것을 만들 수 있다는 뜻이기도 하다. 따라서 우리는 어려운 시기에 직면할 때 굴하지 않고, 오히려 그것을 기회로 바꾸는 것이 중요하다는 것을 배울 수 있다.

한쪽 팔만 가지고는
나무에 올라갈 수 없다

You can't climb a tree

with just one arm

카메룬 에완도 격언

이 격언은 혼자서는 어떤 큰일이나 도전을 이기기 어렵다는 것을 말하고 있다. 협력과 동료들과의 연대가 중요하며, 함께 노력하고 협력해야 큰 목표를 이룰 수 있다는 의미를 나타낸다. 이러한 원칙은 사회적, 경제적 또는 개인적인 상황에서 모두 적용될 수 있다.

사람이 살아가는 데는 협력과 팀워크는 중요하다. 한 사람이 혼자서 모든 것을 할 수 없다. 우리는 서로 다른 장점과 능력을 가진 사람들과 협력하여 일을 성취할 수 있으며, 그렇게 함으로써 더 나은 결과를 얻을 수 있게 된다.

지혜는 바오바브나무 같아서
아무도 껴안아 볼 수 없다

Wisdom is like a baobab tree,
so no one can hug it

아프리카 격언

바오바브나무는 아프리카에 서식하는 거대한 나무로, 그 크기와 형태로 인해 껴안기 어렵다. 이 격언은 지혜와 지식은 그 크기와 복잡성 때문에 어떤 개인도 완전히 이해하거나 소유할 수 없다는 것을 말한다. 지혜는 쉽게 접근하거나 이해하기 어려운, 비교적 복잡하고 깊은 성질을 가지고 있다. 지혜는 우리가 경험하고 배우고, 다른 사람들과 공유하는 것을 통해 점차적으로 쌓여진다. 따라서, 지혜 그 자체로는 개인적으로 소유되는 것이 아니라, 인류의 공유 자산이며, 지혜를 추구하고 그것을 나누는 것은 우리 모두의 책임이라는 것을 알아야 한다.

지식은 경작하지 않으면
수확할 수 없는 정원과 같다

Knowledge is like a garden if it is not cultivated,
it cannot be harvested

남수단 격언

텃밭을 잘 가꾸지 않으면 원하는 열매나 수확을 얻기 어렵다는 풍자적인 비유를 통해, 지식 또한 꾸준한 학습과 관리 없이는 활용하기 어렵다는 의미를 담고 있다.

우리가 지식을 얻기 위해서는 그것을 수확하기 전에 노력과 시간을 투자해야 한다. 지식은 우리가 학습하고 경험하며 연습을 통해 발전시킬 수 있다. 우리가 지식을 얻고자 한다면, 끊임없는 탐구와 배움의 태도가 필요하며, 그것을 효과적으로 활용하기 위해서는 꾸준한 연습과 적용이 필요하다. 이것이 우리가 자신의 지식을 발전시키고 성장시키는 방법이다. 지식은 그 자체로 가치 있는 것이 아니라, 그것을 적용하고 활용함으로써 비로소 가치를 발휘하기 때문이다.

개는 큰 도마뱀을
사냥하지 않는다

A dog doesn't hunt
large lizards

나이지리아 하우사 격언

도마뱀을 잡지 않는 것은 무리하지 않고 현재의 상황에서 적절한 선택을 하는 것에 대한 교훈으로 해석될 수 있다. 이 격언은 어떤 상황에서는 적절하지 않은 행동이나 도전에 대해 조심해야 한다는 은유를 나타내고, 이것은 한 개인이 능력이나 경험 부족으로 인해 불가능한 일을 시도하는 것은 어리석은 짓이라는 것을 알려준다. 따라서 우리는 우리 자신의 능력과 한계를 이해하고, 우리의 능력과 경험에 맞게 행동해야 한다. 자신의 한계를 인식하고 그것을 인정하는 것이 중요하며, 너무 조급하거나 욕심을 내지 않고 자신의 능력에 맞게 목표를 설정하는 것이 중요하다.

나뭇가지는 연기를 내뿜을 수 있지만
태울 수는 없다

A branch can emit smoke,

but it cannot burn

아프리카 격언

이 격언은 일시적으로 떨어져 있는 특정 요소는 그것이 완전히 소멸하거나 변화하는 것이 어렵다는 은유를 담고 있다. 이는 개인의 능력이나 특정 상황에서의 잠시의 성과가 지속적이고 본질적인 변화를 가져오기 어렵다는 교훈으로 해석될 수 있다.

홀로 할 수 있는 것은 한계가 있고 여럿이 힘을 합하여 소기의 목적을 달성할 수 있다. 한 번에 너무 많은 일을 기대하지 말고 차근차근 해 나가야 한다. 작은 시작이 있어도 그것이 큰 성공으로 이어지기까지 많은 노력과 시간이 필요하기 때문이다. 어떤 일이든 천천히 꾸준히 해 나가는 것이 중요하다.

함께 묶은 나뭇가지는
부러지지 않습니다

The branches that are tied
together do not break

아프리카 격언

나뭇가지들이 다발로 묶이면 꺾이지 않는다는 은유를 통해 단결과 협력의 강점을 강조하고 있다. 이 격언은 단독으로는 약하지만 모여서 하나가 되면 강하다는 것을 나타낸다.

단일 인물이나 단체가 혼자서는 한계가 있을 수 있지만, 협력하고 연대하여 일을 이루면 더욱 강력해질 수 있다. 여러 가지가 하나로 모이면 강하고 튼튼한 것처럼, 단결된 공동체나 팀은 어려움을 극복하고 강한 힘을 발휘할 수 있는 것이다.

달팽이가 시도는 하여 볼 수 있지만
껍질을 벗어버릴 수는 없다

The snail may try
but it cannot cast off its shell

가나 시살라 격언

이 격언은 자신의 능력을 넘어서는 것을 시도해도 결국은 자신의 본성과 한계를 벗어날 수 없다는 것을 의미한다. 자신의 한계를 인정하고 자신에게 맞는 일을 찾는 것의 중요성을 강조하고 있다.

누구나 자신의 성격, 습관, 혹은 과거의 행동으로부터 벗어나기 어렵다. 우리가 자신의 성격이나 습관을 바꾸려고 노력해도 쉽게 변화하지 않는다. 이는 인간이 자신의 성격을 형성하는 데에는 유전자와 경험이 결합하여 복잡한 과정을 거치기 때문이다. 따라서 우리는 자신의 한계를 인식하고, 실현 가능한 목표를 설정하고 달성하는 것이 중요하다.

수탉은 흰개미에 때문에
죽지 않는다

Male chickens don't die

from termites

탄자니아 수와힐리 격언

수탉은 보통 매우 작은 개미에게 공격당하기 쉬우며, 그 공격은 잠재적으로 치명적일 수 있지만, 공격을 당하더라도 정신적, 신체적인 강인함으로 인해 쓰러지지 않는다는 뜻으로 강한 사람은 작은 어려움이나 곤란한 상황에서는 영향을 받지 않고, 굴복하지 않는다는 의미이다.

염소는 소금을 맛본 곳으로
다시 돌아간다

The goat will return to the place
where it tasted the salt

남수단의 누하 모로 격언

이 격언에서처럼 염소가 한 번 소금을 맛보고 만족했던 곳으로 다시 되돌아가는 모습을 상상해 보면, 인간 또한 자신이 즐거움을 느낀 곳이나 경험이 있으면 그 곳으로 자꾸 되돌아가려는 본능을 갖고 있다는 것을 알 수 있다. 사람들은 과거의 경험을 되새기며 그 때의 즐거움을 찾고자 한다. 이것은 인간의 본성이다. 하지만 우리는 문제가 있는 경험에 대해선 깊이 생각하고 분석하여, 반복되는 행동 패턴을 개선하고 올바른 경험으로 나아가는 것이 중요하다.

어린 병아리는 누구나 다 사랑하기 때문에 그의 애정을 믿을 수 없다

Because the young chick loves everybody,
don't trust its affection

카메룬 에윈다 격언

이 격언은 어떤 특정한 대상이나 특성이 모두에게 일반적으로 인기가 있다면 그것이나 그에 대한 애정을 믿기 어렵다는 의미를 담고 있다. 이는 모두에게 호감을 받는 것은 현실적으로 어렵기 때문이다. 따라서 어떤 사람이나 동물이 처음 만난 사람에게 쉽게 다가가고 친근해지더라도, 그들의 모든 행동과 감정을 믿을 수 없는 것이다. 어린 병아리처럼, 처음 만난 사람에게 쉽게 다가가는 사람이나 동물이, 그들이 다가간 사람에게 진정한 애정이나 신뢰를 보장하진 않기 때문이다. 그러므로 우리가 낯선 사람이나 상황에 직면할 때, 경계심과 신중함을 가지는 것이 필요하다.

왕의 어머니가 마녀라는 것을 알 날이
오는 것은 내 입에서 나온 것이 아니다

It is not from my mouth that people
will learn that the King's mother is a witch

나이지리아 요루바 격언

사실과 다르게 정보가 전해지거나 전파되는 상황을 풍자적으로
나타낸 것으로, 소문이나 정보의 전파가 현실과 다를 수 있다는 격언
이다. 비판적인 언어나 타인을 중상하는 소문을 퍼뜨리지 않는 것이
중요하다는 것을 강조하는 말이며, 예로부터 요루바 문화에서는 이
러한 말들이 존중과 예의를 강조하는 것으로 여겨졌다.

다람쥐는 비가 올 때
사람인 척 하면 안된다

Squirrels should not pretend to be
humans when it rains

남수단 딩카 격언

이 격언은 어떤 상황에서는 본래의 본성이나 역할을 잊지 말아야 한다는 것을 의미이다. 다람쥐가 사람인 척한다는 것은 본래의 역할이나 특성을 변화시키거나 가장하면 안 된다는 뜻이다. 이는 적절한 행동이 필요하다는 것을 강조하는 말로, 자신의 능력과 한계를 인정하고 그에 맞는 행동을 취해야 한다는 뜻이기도 하다. 다른 버전으로는 '비가 오는 날에는 다람쥐도 자신이 다람쥐라는 것을 잊어서는 안 된다'라는 내용의 격언도 있다.

모든 카사바는 껍질은 같지만
맛이 모두 같은 것은 아니다

All cassavas have the same skin
but not all taste the same

아프리카 격언

외적으로는 모두 동일하지만 내적으로는 차이가 있을 수 있다는 것을 의미하며, 인간관계에서는 외모나 출신 등으로 판단하는 것이 아닌, 내면적인 성격과 능력 등을 중요시해야 한다는 격언이다. 모든 인간은 동등한 존재이지만 각자의 능력과 성격에 따라 차이가 있을 수 있음을 상기시키는데도 적용될 수 있다.

모든 카사바 뿌리 표면이 비슷하게 생겼지만 그들의 맛이 다르다는 문화적인 의미를 내포하고 있다. 외부적인 모습이나 유사성이 내재적인 특성이나 가치에 대한 정보를 제공하지 않을 수 있다는 관점을 나타내고 있다. 종종 문화적인 맥락에서는 외부적인 유사성이 내재적인 다양성을 숨길 수 있다는 생각을 나타낼 때 사용되기도 한다.

하이에나가 울부짖을 때,
그의 엉덩이는 어떤 것에 꽉 붙잡혀 있다

When a hyena cries,

his hips are held tightly to something

잡비아의 뵘바 격언

이 격언은 하이에나의 은유를 통해, 어떤 상황에서도 자유롭게 의사 표현하기 어려운 상황에 처해있을 때를 묘사하고 있다. 무언가에 하이에나의 엉덩이가 꽉 붙잡혀 있다는 것은 제한되고 통제된 상태를 나타낸다. 이는 자유로운 표현이나 행동이 어려운 상황을 시사하고 있다.

염소에 좋은 것이
그에게는 설사를 일으킬 수 있다

What is delicious to goat

can cause him diarrhea

리비아 격언

염소는 초식 동물이다. 악환경 조건하에서도 잘 견뎌내는 동물로 알려졌다. 동물은 독성인 식물을 잘 알아 피하고 자신에게 좋은 식물을 선택하여 먹어가며 살아간다. 염소는 독성이 있는 식물도 무난히 소화한다. 따라서 염소에게 무해한 식물이라 해도 사람에게는 독성일 수 있다. 나에게 좋은 것이 남에게는 독성이 될 수 있는 것이다.

이 격언은 어떤 것이 한 사람에게는 유익하거나 긍정적일 수 있지만, 다른 사람에게는 부정적인 영향을 줄 수 있다는 뜻을 전하고 있다. 아무리 좋은 것이라도 개인의 생리 체계나 상황에 따라서는 부작용이 발생할 수 있는 것이다. 따라서 다양한 이 격언은 개인이나 상황에 따라서 일반적인 규칙이나 가치 판단이 적용되지 않을 수 있다는 의미이다.

모든 것을 할 수 있다고 믿는 사람은
무덤을 파서 자신을 묻게 한다

A man who believes that he can do everything,

let him dig a grave and bury himself

나이지리아 익보 격언

이 격언은 어떠한 일이라도 할 수 있다고 믿는 자가 자만심이나 오만함을 피할 수 있도록 경고하고 있다. 결국에는 우리의 한계와 겸손함을 깨닫게 될 것이라는 은유를 나타낸다.

모든 일에 대한 무조건적인 자신감은 현실적이지 않고, 그런 태도는 현실에 부딪혔을 때 한계를 깨닫게 된다. 자신의 능력을 과대평가하거나 자만하는 것은 위험하며, 어떤 일이든 적절한 능력과 경험을 갖추지 않고 도전하는 것은 오히려 실패를 가져올 수 있다. 따라서 겸손과 현명한 판단이 중요하며, 자신의 한계를 인식하고 타인의 도움과 협력을 받아들이는 것이 성공적인 삶을 살기 위해서는 중요하다.

눈[目]에는
문[門]이 없다

The eye does not
have a door

남수단 딩카 격언

눈[目]은 물리적인 문을 가지고 있지 않지만, 마음이나 정신적인 부분에서는 다양한 경험과 정보를 통해 열려 있다는 것을 말한다. 이 격언은 외부적인 것이 아닌 내면적인 부분에서의 이해와 인식의 폭을 강조하는 데 사용된다.

눈이 본 것을 무시하거나 숨길 수 없다는 것은, 우리의 행동이나 표현이 항상 주변에 영향을 미친다는 것을 뜻한다. 진실과 정직을 중요시해야 한다는 것을 의미한다. 눈은 우리의 내면을 드러내는 창구이다. 그렇기 때문에 우리가 보는 것은 항상 진실하고 정확해야 한다.

삽을 갈아 날 세우기 전에
개의 귓구멍을 보라

Look at the dog's ear holes
before grinding the shovel

카메룬 에원도 격언

이 격언은 어떤 일을 시작하기 전에 충분한 계획과 준비를 해야 한다는 것을 뜻한다. 삽을 사용하려면 그것을 사용하기 전에 먼저 날을 갈아야 한다. 하지만 개의 귀를 살펴볼 필요가 있는 이유는 없다. 이는 일종의 무작위 요소로, 단순히 예기치 않은 것에 대한 대비책을 강조한다. 즉, 모든 가능성을 고려하고 언제든지 대처할 수 있는 유연성을 유지하는 것이 중요하다는 것이다. 따라서 계획을 세우고 일을 시작하기 전에 모든 요소를 고려하고, 예기치 않은 일에 항상 대비해야 한다는 것이다.

소가 없었던 곳에서는
소 똥을 주울 수 없다

You can't collect cow droppings
where there were no cows

에티오피아 암하릭 격언

　아프리카에서는 소 똥을 주어다 말려 연료로 사용한다. 그런 소똥을 주어 오려면 소가 있었던 곳에 가야만 한다. 소가 없었던 곳에 가서는 소똥을 주어 올 수 없다. 사필귀정事必歸正이다. 무엇인가 찾으려면 그것이 있을 가능성이 있는 곳에 가야 한다. 기회를 가지려면 기회가 있는 곳에 가야 한다. 노력이나 투자 없이 어떤 결과를 얻을 수 없는 것이다.

　일을 하기 전에는 미리 계획하고 필요한 조건을 충족시키는 것이 중요하다. 자신이 원하는 결과를 얻기 위해서는 먼저 그것이 가능한지 판단하고, 필요한 조건을 갖춰야 하는 것이다.

목욕할 만한 양의 물이 아니면
그저 세수하는 데 써라

If the quantity of water one has won't do for a bath,
one simply uses it to wash the face

나이지리아 요루바 격언

이 격언은 가용한 자원이나 조건에 따라 행동이나 선택을 조절해야 한다는 교훈을 담고 있다. 목욕을 할만한 양의 물이 없으면 그냥 세수만 하는 것이 나을 수 있다. 이는 어떤 상황에서도 가능한 한 최대한 활용해야 한다는 것을 의미한다. 특정한 조건이나 상황에서는 적절한 행동을 취해야 한다는 현실적이고 실용적인 관점이다.

목적을 달성하기 위해서는 많은 양의 자원이 필요하지 않을 수 있으며, 작은 양의 자원으로도 유용한 일을 할 수 있다. 어떤 일을 함에 있어 절약과 자원의 최대한 활용, 그리고 대안적인 해결책을 찾는 것이 중요하다.

꿀은 있지만
벌은 없다

There is honey
but no bees

짐바브웨 격언

이 격언은 어떤 상황에서는 원인과 결과, 혹은 근본적인 원리와 그것을 생성하는 요소 간의 불일치가 있을 수 있다는 것을 암시하고, 때로는 일상적인 상황에서 벗어나 뜻밖의 결과를 초래할 수 있으며, 상황의 본질적인 부분을 간과하고 그것을 구성하는 세부 요소에만 집중하는 것의 위험성을 경고하기도 한다.

어떤 일에 대한 노력이나 기여 없이도 성과만을 기대해서는 안 되다는 것을 알려주고 있다. 인생에서 상황을 올바르게 평가하고 그 결과에 대해 깊이 생각해 보는 것이 중요하다. 무엇인가 이유도 모른 채 닥칠 것을 생각지 않고 달고 공짜라고 그냥 받아먹기만을 좋아하지 말아야 한다. 저의를 알지 못한 채 달다고 좋아하며 받아먹으면 그를 빌미로 여러 가지를 요구할 것이다. 그러니 다디단 꿀을 좋아라 받아먹을 때 조심해야 한다.

새 빗자루는 잘 쓸지만, 오래된 빗자루는
집안 구석구석을 잘 알고 있다

The new broom sweeps well,
but the old broom knows every corner of the house

씨에라리온 크리오 격언

이 격언은 새 빗자루와 묵은 빗자루를 비유적으로 사용하여 새로운 것과 경험이 풍부한 것 간의 차이를 나타내고 있다. 경험이 풍부한 사람이 더 깊은 지식과 통찰력을 갖게 된다는 교훈을 담고 있다. 새로운 것도 좋지만 경험도 매우 중요하다. 따라서 어떤 일에 대해서는 새로운 방법이나 접근법을 적용하는 것보다는 기존의 경험과 전문성을 살려 문제를 해결하는 것이 더욱 중요하다.

개미 떼가
도마뱀을 끌고 갈 수 있다

A flock of ants can drag
the lizard along

소말리 격언

이 격언은 개미 떼가 도마뱀을 끌고 갈 수 있다는 은유를 통해, 단체의 힘과 협력의 중요성을 강조하고 있다. 가벼운 개체들이 모여서 강력한 힘을 발휘할 수 있다는 교훈이다. 이러한 표현들은 단체 또는 공동체의 힘을 강조하여 혼자서는 어려운 일도 협력과 팀워크를 통해 이뤄낼 수 있다는 의미를 전달하기 위해 사용된다.

작은 것들이 모이면 큰 것을 이길 수 있다. 단일 개인의 능력으로는 해결할 수 없는 문제도, 집단은 해결할 수 있다. 그래서 협력이 중요한 것이다.

치아 사이에 낀 음식물을
이쑤시개로 제거해 배를 채울 수 없다

You cannot fill your stomach by
removing food stuck between your teeth with a toothpick

나이지리아 익보 격언

어떤 일에 대해서는 노력이나 시간이 필요하며, 작은 일로는 큰 목표를 달성하기 어렵다는 의미를 나타내고 있는 격언이다.

어떤 문제를 해결하기 위해서는 충분한 자원과 노력이 필요하다. 간단한 해결책이 항상 최선의 해결책은 아니다. 우리가 어떤 문제를 해결하기 위해서는 충분한 자원과 노력이 필요하며, 어떤 문제에 대해서는 단기간의 해결책으로는 불충분하다는 것을 상기시킨다.

불행은 눈먼 사람처럼 보이지 않아도
쉽게 찾아온다

Misfortune comes easily even if
you can't see it like a blind person

소말리 격언

이 격언은 불행은 예측할 수 없고 갑자기 찾아오며, 때로는 우리의 통제를 벗어나는 상황일 수 있음을 설명하고 있다. 삶의 불확실성에 대한 이해와 이를 받아들이고 대처하는 자세를 강조하는 데 사용된다.

불행은 눈에 보이지 않지만, 그 영향은 느닷없이 우리 삶에 큰 충격을 줄 수 있다. 예상하지 못한 불행이나 어려움이 닥쳤을 때 우리는 당황하지 않고 현명하게 대처할 수 있도록 준비하고 마음의 여유를 가져야 한다. 남의 일이 아니다. 불행은 언제든 우리를 찾아올 수 있다. 따라서 우리는 현재의 소중함을 깨닫고, 겸손하고, 가치 있게 살아가도록 노력해야 한다.

개코원숭이를 매달아 놓은 것으로
다른 원숭이들도 매달 수 있다

Hanging baboons can be
hung by other monkeys

라이베리아 크란 격언

이 격언은 어떤 일을 선점하거나 성공한 사람이 있다면 그 일을 따라 할 수 있다는 교훈을 전달하고 있다. 특정한 업적이나 성과는 누구나 추구할 수 있는 것이며, 다른 사람의 성공을 모방하고 배워서 동일한 결과를 얻을 수 있다는 의미를 내포하고 있다. 다른 의미로 는 강자를 죽인 자는 약자도 쉽게 죽일 수 있다. 그러니 약자들은 경계해야 한다는 뜻이기도 하다. 또 다른 뜻으로는 그 일이 당신에게 만 영향을 끼치지 않고 다른 사람들도 그 일의 영향을 받을 수 있다 는 것을 의미한다.

손에 회초리를 들고
개를 부르지 마라

Do not call a dog
with a whip in your hand

남 수단 딩카 격언

어떤 행동이나 태도를 취할 때는 그에 상응하는 태도를 가지고 있어야 한다는 뜻을 담고 있는 격언이다. 회초리를 들고 있으면서 동시에 개를 부르는 것은 상반된 두 가지 행동을 동시에 할 수 없다는 메타포로 사용되어, 일관된 행동과 태도를 유지해야 한다는 의미를 담고한다. 이런 표현은 일관성과 정직함에 대한 가치를 강조하기 위해 사용되기도 한다.

사람들과 교류할 때, 그들을 위협하거나 공격적인 태도를 취하지 말아야 한다. 이러한 행동은 상호작용을 악화시키고, 불필요한 갈등을 초래할 수 있다. 대인관계에서는 서로를 존중하고, 강요하지 않는 것이 중요하다.

바지 끈을 맬 때,
치마를 입을 때 두 손으로 맨다

When you tie your pants,

when you work on your skirts Use both hands

세네갈 왈로프 격언

이 격언은 어떤 행동을 할 때는 겸손하고 정중한 태도를 유지해야
한다는 교훈이다. 바지 끈이나 치마를 매는 것은 상황에 따라 적절
한 태도를 갖고, 겸손하게 행동해야 한다는 의미를 담고 있다.
예의와 겸손에 대한 중요성을 강조하기 위해 사용된다.

물이 잔잔하다고
악어가 없다고 생각하지 마라

Do not think there are no crocodiles
because the water is calm

말라위 격언

이 격언은 외부적으로는 평온해 보이는 상황에서도 감추어진 위험이나 도전이 존재할 수 있다는 교훈을 담고 있다. 문제가 없어 보이는 상황에서도 경계를 향상시키고 예의주시해야 한다는 뜻이다. 또한 다른 사람이나 상황을 평가하거나 판단할 때 혹은 위험한 상황에서 경계심을 유지해야 할 때 상기시키는 데도 유용하다.

매우 침착하게 보이는 상황에서도 위험을 감지하고 경계해야 한다. 겉만 보고 속을 판단하지 말아야 한다. 열 길 물속은 알 수 있어도 한길 사람 속은 알 수가 없는 것이다. 외부적으로는 아무 문제가 없어 보이더라도 내부적으로는 위험한 것이 존재할 수 있음을 항상 염두에 둬야 한다. 조심해서 나쁠 건 없다.

눈[目]에 가까이 있어도
가만히 서 있는 다리로는 닿지 않는다

Even if it's close to the eye,

it can't be reached by the legs that stand still

라이베리아 격언

이 격언은 가까이 있어 보이더라도 노력과 행동이 없으면 목표에 도달할 수 없다는 뜻을 담고 있다. 노력과 행동의 중요성을 강조하기 위해 사용된다.

자신이 직접 땀 흘려 걸어가지 않고는 아무리 가까운 거리라도 그곳에 다다를 수 없다. 스스로 걸어야 목적지에 도달할 수 있다. 단순히 쳐다보는 것만으로는 목적지에 가기 어렵다. 멀리 있는 것은 보기 쉽지만 그것을 얻으려면 움직여야 하며, 그것을 얻기 위해서는 걷는 노력을 해야 한다. 성공을 위해서는 행동하는 노력이 필수적이다.

서두른다고
빨리 갈 수 있는 것은 아니다

Hurrying doesn't
mean you'll get there faster

짐바브웨 격언

이 격언은 목적지에 도착하기 위해서는 서두르는 것만으로는 안 된다는 것을 강조한다. 조급함만으로는 목표를 달성할 수 없다. 우리가 어떤 일을 할 때 신중하고 차분하게 접근하는 것이 중요하다. 서두르다 보면 중요한 부분을 놓치거나 실수를 범하기 쉬우며, 결과적으로 일을 더디게 만들 수 있다. 일을 할 때는 계획적으로, 세심하게 진행하는 것이 오히려 더 빠르고 효율적인 결과를 가져올 수 있다. 빨리 가겠다고 신발 끈을 묶지 않고 갈 수는 없는 것이다.

현명한 물고기들은 예쁘게 생긴 벌레는
삼키기 쉽도록 날카로운 갈고리를
가지고 있다는 것을 알고 있다

Wise fish know that pretty-looking worms have sharp hooks to
make them easier to swallow

나이지리아 익보 격언

이 격언은 겉모습만으로만 판단하지 말고 상황을 잘 파악하고 판단해야 한다는 교훈을 담고 있다. 예쁘게 생긴 것이나 겉모습만으로는 내용이나 본질을 알기 어려울 수 있으니, 주의가 필요하다는 의미이다. 따라서 우리는 예쁜 외모에 너무 완벽하고 유혹적으로 보일 때 신중해야 한다. 그것은 믿을 수 없이 쉽게 얻을 수 있는 것이 아니라는 것을 알아야 한다. 경계심을 가지고 깊게 생각하고 상황을 분석하여 중요한 결정을 내리도록 해야 한다.

밖에서 오는 것이
북을 치지 않는다

What comes from outside doesn't
beat the drum

말라위 격언

도둑이 당신의 물건을 훔치겠다고 당신에게 미리 알려주지는 않
는다. 이처럼 예측할 수 없는 일들이 우리에게 일어나는 경우가 있
지만, 우리는 방심하지 않고 대처해야 한다. 예측할 수 없는 일들은
언제 어디서나 올 수가 있다. 따라서 예고 없이 찾아온 일들이 우리
를 놀라게 할 수 있지만, 그런 일들이 오기를 기다리지 않고 대처할
수 있어야 한다. 항상 대비하는 것이 중요하다.

지독한 냄새가 나는 벌레들은
자신의 냄새를 모른다

Worms that smell terrible don't
know their smell

나미비아 루쾅갈 리 격언

가끔보면 어떤 사람들은 나쁜 행동이나 습관을 가졌는데 그 자신은 그것을 인지하지 못하는 경우를 볼 수 있다. 이 격언은 자신의 행동이나 태도에 대한 객관적인 시선을 가질 필요가 있다는 의미를 담고하고 있다. 이 표현은 자기성찰과 타인의 평가를 중시하는 데 강조하기 위해 사용되며, 자신의 결점이나 문제점을 인식하지 못하는 사람들을 비판하는 데 사용된다.

우리는 자신의 행동이나 태도에 대한 비판을 받을 때, 자신은 문제가 없다고 생각하기 때문에 자기비판을 수용하지 않을 때가 많다. 자기 자신을 알아야 욕먹지 않는다. 스스로를 알기 위해서는 자기반성과 자기평가가 중요하다.

닭이 땅을 깊게 파 대면
그의 어미 뼈를 만나게 될 것이다

If the chicken digs deep,
it will meet his mother's bones

라이베리아 크랜 격언

닭이 땅을 파 대면 사람에 의하여 잡아먹힌 제 어미 뼈를 보게 된 다고 하니 그게 만일 사람에게 당한 일이라면 기분 좋은 일일 수 없 다. 매우 슬픈 일이다.

이 격언은 욕심이 과하고 조심스러운 사고를 하지 않으면 위험을 초래할 수 있다는 것을 강조한다. 특히 재산, 권력 또는 다른 자원을 추구하는 경우에 적용된다. 우리가 너무 얕고 무책임하게 움직이면 그 결과는 우리 자신의 가족, 친구 또는 공동체에게도 영향을 미칠 수 있다.

손님은 음식을
다 먹지 않는다

If you're a customer,
you don't finish your food

잠비아 쇼나 격언

    양식이 부족한 아프리카에서 손님은 차려준 음식을 다 먹지 않고 다른 사람이 먹도록 남긴다. 배고픈 다른 사람들을 배려하는 것이다. 주로 개별적인 행동이나 경험에 대한 일반적인 교훈을 담고 있다. '손님은 음식을 다 먹지 않는다'라는 문장은 서로 다른 성향이나 취향을 가진 사람들이 있음을 나타내며, 각자의 음식 습관에 대한 이해와 존중이 필요하다는 의미를 담고있다. 이 격언은 문화적인 차이나 가치관의 다양성을 인식하고 존중의 중요성을 나타낸다.

잎만 보고
작물을 예측하지 마라

Don't just look at the leaves
and predict the crops

수단 딩카 격언

작물은 외모로만 판단하기보다는 실제 수확량과 품질을 고려해야 한다. 어떤 것을 정확하게 이해하려면 표면적인 정보뿐만 아니라 깊이 있는 탐구와 이해가 필요하다는 의미이다. 이 격언은 표면적인 정보나 외부적인 특징만으로 사람이나 상황을 판단하지 말고 심층적으로 이해하고 탐구해야 한다는 뜻을 담고 있다.

사람들은 고기를 입에 넣고
오래 씹고자 하지만, 마음속의 그 무엇이
그것을 허락지 않는다

People want to chew meat in their mouths for a long time,
but something in their minds doesn't allow it

나이지리아 요루바 격언

이 격언은 고기를 먹는 것에 대한 도덕적 종교적, 물리적 행동과 내면의 갈등을 다루며, 인간의 복잡한 심리를 담고 있다.

사람들은 음식을 먹을 때 입에 넣고 오래오래 씹으며 즐기려 하지만 뱃속에서는 그것을 빨리 삼키라고 한다. 그래서 음식을 오래 씹어 즐기지 못하고 소화가 잘 되게 하지 못한다. 인간의 의지를 욕망이 훼방 놓아 이루지 못하게 하는 것이다. 욕망과 실제 상황 사이의 갈등이 나타난 것이다.

여름에 뙤약볕에서 일하는 사람은
시원한 그늘에서 여생을 즐길 것이다

Those who work in the scorching sun in the summer will enjoy
the rest of their lives in the cool shade

탄자니아 수와힐리 격언

이 격언은 어려운 일을 겪거나 힘들게 노력하는 사람이, 그 노력의 보상으로 안락하고 편안한 시간을 즐길 수 있을 것이라는 전통적인 지혜를 전달하고 있다. 노력과 희생이 뒤이어 편안함과 보람을 가져온다는 일반적인 교훈이다. 일과 휴식의 균형, 노동의 가치 또는 인내와 보상에 대한 전통적인 가치관을 강조하기 위해 사용된다.

이 격언은 특히 아프리카에서 많이 인용되며, 노동과 인내에 대한 아프리카의 가치관을 잘 나타내는 격언 중 하나다.

암반 속에 있는 꿀을 먹는 사람은
도끼 칼날을 걱정하지 않는다

Anyone who eats honey in the bedrock
is not worried about the axe blade

나이지리아 요루바 격언

바위 속 꿀은 얻기 힘들고 위험하지만, 그 꿀을 따는 것은 보상이 크다. 꿀은 영양이 풍부하고, 가치가 있고, 달콤하다. 이러한 꿀을 먹다 보면 걱정이 사라진다. 그래서 이러한 보상을 얻기 위해 도끼의 날과 같은 위험을 감수한다. 두려움을 버리고, 용기와 결단을 통해 위험을 큰 보상을 얻은 것이다.

이 격언은 특별한 보상을 얻기 위해 어려움을 감수하는 사람은 그 어려움이나 위험에 대한 걱정보다는 그 보상을 더 중요시한다는 뜻을 담고 있다. 욕망앞에서는 장사가 없는 것이다.

뼈다귀를 거절하는 개는
살아남을 수 없다

A dog that refuses
a bone cannot survive

이집트 격언

이 격언은 기회를 놓치지 말아야 한다는 것을 의미하며, 거절하는 것은 어리석은 선택이 될 수 있다는 것을 말한다.

우리는 인생에서 제공되는 기회를 놓치지 말아야 한다. 기회를 잘 활용해야 한다. 개가 고기만 좋아하고 뼈를 싫어하면 살아남을 수 없다. 입맛에 맞는 것만 찾고 나쁜 것은 거절하면 세상사 견뎌내며 원만히 살아갈 수 없는 것이다. 기회를 놓치지 말고 잘 활용해야 더 나은 삶을 살아갈 수 있는 것이다. 기회를 잘 활용하면 없던 돈도 생기는 법이다.

하이에나가 깊은 수렁에 빠졌을 때
도움을 요청하는 소리를 내지 않는다

Hyenas don't make a cry for help when they're
in a deep quagmire

말라위 격언

어떤 상황에서도 자신의 어려움을 표현하지 않거나 도움을 청하지 않는다는 의미를 담고 있다. 이 격언은 하이에나를 빗대어 용기 없거나 자존심을 지키려는 상황에서 나타날 수 있는 내면의 갈등을 표현한다.

사람은 살다 보면 누구나 어려움에 처할 수 있으며, 혼자서 모든 것을 해결할 수 있는 것은 아니다. 주위에 도움을 줄 수 있는 사람들이 있다면, 필요할 때는 그들의 도움을 요청하는 것은 현명한 선택일 수 있다. 어려움에 처했을 때 도움을 요청하는 것이 부끄러운 일이 아니다. 어려울 땐 자존심을 버려야 살 수 있는 것이다.

도마뱀은 홀로 반듯이 서고 싶어 하지만
그의 꼬리가 허락하지 않을 것이다

The lizard wants to stand upright alone,
but his tail won't allow it

나이지리아 익보 격언

우리는 원하는 목표를 달성하려고 하지만, 외부적인 제약이나 내부의 제한으로 인해 원하는 대로 행동할 수 없을 때가 있다. 이때 우리는 자신의 한계와 제약 사항을 인식하고 받아들여야 한다. 때로는 우리가 원하는 것을 이루기 위해 조건이나 환경을 조정해야 할 필요가 있을 수 있다. 자기 수용과 현실적인 사고의 중요성을 바탕으로 불가능한 것에 집착하지 않고, 융통성을 갖고 적응하며 새로운 해결책을 찾아내는 것이 중요하다.

바나나 나무 밑에서 쉬지 말고,
비가 그치면 그것을 잘라버려라

Don't rest under the banana tree,
cut it when it stops raining

케냐 칼렌진 격언

'바나나 나무 아래에서 쉬지 말라'는 것은 휴식을 취할 때도 타협하지 말고 끊임없이 노력해야 한다는 것을 뜻한다. 또한, '비가 그치면 나무를 잘라버리라'는 부분은 기회가 찾아왔을 때 이를 놓치지 말고 적극적으로 대처해야 한다는 의미를 담고 있다. 이 격언은 그렇지 않으면 좋은 기회를 놓칠 수 있으며, 노력과 희망을 품고 기다리는 것만으로는 성취를 이룰 수 없다는 의미를 담고 있다.

인생은 그릇과 같아서
깨지지 않도록 조심해야 한다

Life is like a bowl,
so you have to be careful not to break it

수단의 격언

이 격언은 삶은 소중하고 부서지기 쉬운 것이며, 조심스럽게 대해야 한다는 교훈을 담고 있다. 인생의 소중함, 존중, 책임, 조심성 등에 대한 가치를 강조하기 위해 사용된다.

인생은 살 어름 위 걸어가는 것처럼 위험천만하다. 마치 진흙으로 만든 그릇처럼 우리의 삶도 취약하고 부서질 위험이 있다. 우리가 인생을 대하는 태도와 행동은 우리의 삶을 크게 영향을 미치며, 가족, 친구, 동료, 사회와 같은 다른 사람들에게도 영향을 미친다. 따라서, 우리는 우리의 삶과 그것에 따르는 결과를 책임지기 위해 조심스럽게 행동해야 한다. 삶을 소중히 해야 하며, 삶을 존중하고 감사하는 태도를 가지고, 우리의 삶을 올바르게 다루고 관리해야 한다.

저녁에 다 먹어버리지 말라
내일이 왜 다 먹었느냐 물을 것이다

Don't eat it all in the evening
Tomorrow will ask you why you ate it all

카메룬 불루 격언

이 격언은 무모하게 자신의 욕망을 채워버리면 그로 인한 문제와 책임을 미리 고려해야 한다는 전통적인 교훈을 담고 있다. 소비의 적절한 조절과 미래에 대한 책임감을 강조하기 위해 사용된다.

우리는 현재의 자원과 기회를 지혜롭게 사용하고 소비해야 하며, 우리가 할 수 있는 최선을 다해 미래를 대비해야 한다. 즉, 우리는 오늘의 필요를 충족시키면서도 내일을 위해 무언가를 남겨두어야 한다는 의미이다. 돈, 음식, 시간 등과 같은 자원의 소비에도 적용될 수 있다. 너무 많은 것을 소비하면 미래에 문제가 발생할 수 있다. 그러면 그 결과로 우리는 어려움에 처하게 된다. 따라서, 우리는 현재와 미래를 모두 고려해서 자원을 사용하고 소비해야 한다.

폭풍은 끝이 가까울수록
더 심해 진다

The storm gets worse
towards the end

케냐 카쿠유 격언

이 격언은 주로 경험과 지혜를 나타내며, 시간이 지남에 따라 어떤 문제나 어려움이 더욱 악화될 수 있다는 것을 나타낸다.

우리는 어떤 문제나 상황에서 최악의 시점은 마무리 단계이며, 이때 더욱 많은 어려움과 문제가 발생할 수 있다는 것을 알고 있다. 끝이 가까워지면서 불안정성이 증가하고, 예기치 못한 일들이 발생할 수 있기 때문이다. 따라서 우리는 어떤 문제나 상황을 다룰 때 주의 깊게 접근하고, 끝이 다가올 때까지 경계심을 가지고 최선을 다해 대처해야 한다. 다 이겨놓은 게임을 끝에 역전골을 먹지 않도록 해야 한다.

마음에 들지 않는 말을 하늘에 뱉으면
다시 돌아와 머리 위로 떨어질 것이다

What you spit out in the sky that you don't like
will come back and fall on your head

카메룬 격언

나쁜 행동이나 말은 결국 자신에게 돌아오게 된다. 우리가 쓰레기를 함부로 버리면 그 쓰레기 더미 위에서 살아야 한다. 대기오염도 이 범주 안에 들어갈 것이다. 최근 세네갈에서 아프리카 길조 펠리컨이 수백 마리가 죽었다. 인간이 환경을 오염하였기 때문이다. 사람들의 잘못으로 멸종되는 생물들이 허다하다. 우리가 부정적인 행동을 한다면, 결국 그 행동의 결과가 우리에게 돌아와 우리 자신을 해치게 될 것이다. 따라서 우리는 항상 자신의 행동에 책임을 져야 하며, 다른 사람들을 배려하고 존중하는 태도를 가져야 한다. 우리가 좋은 행동을 하면 자신과 주변의 모든 사람들에게 이익을 가져다줄 수 있다.

토끼가 남의 흉내를 내다
제 꼬리를 부러트렸다

Imitation makes the rabbit

break off its tail

우간다 아촐리 격언

모든 사람은 각기 다른 강점과 약점을 가지고 있다. 남의 장점을 본받되, 자신의 특성에 맞게 적용하는 지혜가 필요하다. 자신의 능력과 상황을 고려하지 않고 남을 따라 하다가는 오히려 실패를 초래할 수 있는 것이다. 다른 사람을 모방하는 것이 때로는 그것이 실제로 도움이 되지 않을 뿐만 아니라, 해로울 수도 있다. 어떤 경우에는 자신의 개성이나 창의성을 잃게 되거나 오히려 위험에 빠지게 될 수도 있다. 자신의 꼬리가 부러지는 것이다. 따라서 우리는 다른 사람이나 문화에서 영감을 받을 때 자신만의 방식으로 해석하고 적용하는 것이 중요하다.

토끼를 잡는 올가미로는
코끼리를 잡을 수 없다

You can't catch an elephant
with a noose that catches a hare

카메룬 에윈도 격언

　토끼 잡는 작은 올가미로 커다란 코끼리를 잡는다는 것은 불가능한 짓이다. 적합한 방법을 쓰지 않으면 소기의 목적을 달성할 수 없다. 잡고자 하는 대상이 무엇인가에 따라잡는 방법이 달라야 한다.

　이 격언은 모든 상황에서 일반적으로 동일한 방법이 작동하지 않을 수 있다는 것을 나타낸다. 어떤 문제에 대해 일반적으로 통용되는 해결책이 있을 수 있지만, 그 해결책이 모든 경우에 적용되지는 않을 수 있다는 것을 상기시킨다. 따라서 우리는 각 상황에 따라 새로운 해결책을 찾아내는 데 주의를 기울여야 한다.

양동이가
문간에서 깨진다

The bucket breaks
in the doorway

우간다 랑고 격언

재수 없고 불운하다. 멀리 가서 애써 물을 길어 집에 다 돌아왔는데 집안에 들어가기 바로 직전 머리 위에 이어 가져온 물동이가 깨져 버린다니 재수가 없어도 매우 재수 없다. 애쓴 보람 없다. 모두 다 허사다.

이 격언은 어떤 일을 시작하려고 할 때 어려움이나 장애물이 발생할 가능성이 있는 것을 나타낸다. 또한 어떤 계획이나 목표를 달성하려고 할 때 시작이 중요하다는 것도 암시한다. 따라서 우리는 어떤 일을 시작하기 전에 잠재적인 위험과 어려움을 고려하고 준비를 철저히 하여 문턱에서 실패하지 않도록 해야 한다.

목을 잘 지키면
진주를 쉽게 찾을 수 있다

If you keep your neck well,
you will easily find pearls

잠비아 격언

이 격언은 자기 자신을 잘 보호하고 관리하면, 원하는 것을 더 쉽게 달성할 수 있다는 뜻이다. '목을 잘 지킨다'는 것은 자기 자신을 잘 관리하고 지키는 것을 의미하는데, 이는 목표를 향해 노력하고 이루기 위해 중요한 기반을 마련하는 것과 같다.

예를 들어, 몸을 건강하게 유지하고, 목표를 위해 열심히 노력하며, 시간과 에너지를 효율적으로 관리한다면, 성공을 이루기가 더 쉬워질 것이다.

새벽은 아침에 시작하지
저녁에 시작하지 않는다

Dawn starts in the morning,
not in the evening

나이지리아 이갈라 격언

이 격언은 어떤 일을 시작하려면 그것을 제때에 시작해야 한다는 것을 나타낸다. 봄여름에 꽃이 피고, 가을에 열매가 성숙한다. 자연은 이렇듯 계획적이다. 자연의 계획처럼 우리도 어떤 일이든 계획을 잘 세우는 것이 중요하다. 제때에 시작하고 출발하여 일과 계획을 잘 수행할 수 있도록 노력해야 한다. 우리가 하고자 하는 일을 계획을 세우지 않고 차일피일 미루다 가는 일이 원활하게 진행되지 않을 것이다.

쥐의 발자국을 추적하면
쥐를 잡을 수 있다

Tracking the mouse's footprint

allows it to catch mice

카메룬 베티 격언

이 격언은 어떤 문제나 상황을 해결하려면 그 원인을 파악하고 추적해야 한다는 의미를 담고 있다.

우리가 어떤 문제에 직면할 때 단순히 피하거나 문제를 무시하는 것보다는 문제를 직면하고 처리해 나가는 것이 올바른 방법이다. 문제에 대한 근본적인 해결이 중요하며, 원인을 파악하는 것이 문제 해결의 첫걸음이기 때문이다. 쥐가 남긴 발자국을 따라가면 결국 쥐를 찾을 수 있듯이, 어떤 문제의 원인을 밝혀내고 그에 따른 조치를 취하면 그 문제를 해결할 수 있다.

큰 개코원숭이는
자신의 꼬리를 접는다

A big baboon

folds its tail

짐바브웨 쇼나 격언

이 격언은 주로 짐바브웨의 쇼나 언어로 사용되는 격언으로, 다른 사람들에게 자신을 굽히거나 겸손해지도록 권하는 표현이다.

큰 개코원숭이는 그 크기와 힘으로 인해 다른 동물들을 위협할 수 있다. 그러나 이 격언은 큰 개코원숭이가 자신의 꼬리를 접고 다른 동물들에게 겸손해지도록 권고하며, 더 큰 가치를 가진 것은 자신의 능력이 아니라 자기 통제와 겸손성이라는 것을 상기시킨다. 따라서 이 격언은 누군가가 자신의 지위나 권력에 굴복하거나 무례하게 행동하지 않도록 권고하는 것으로도 해석할 수 있다.

전갈은 코가 없다
그처럼 그의 새끼들도 코가 없다

Scorpion doesn't have a nose

Their babies don't have a nose, either

나이지리아 티브 격언

전갈은 코가 없다. 따라서 이 격언은 일종의 비유적인 표현으로, 부모와 자식 사이의 유전적 특성이 유사하다는 것을 나타낸다. 전갈은 코가 없으므로 그 자손도 코가 없을 것이며, 이를 통해 부모의 특성이 자식에게 유전됨을 암시한다. 이 격언은 종종 가족 간의 유사한 특성이나 성격, 행동 패턴, 또는 문화적인 전통과 같은 것들을 상속받는 것을 강조하는 데 사용된다.

손이 음식을 드는 순간
입이 즐겁다

The moment my hand raises the food,

my mouth feels happy

카메룬 베티 격언

이 격언은 주로 어떤 이익이나 성과를 달성하였을 때 그것이 실제로 나에게 도움이 되고 즐겁게 느껴지는 것을 나타낸다. 손에 있는 것은 그것이 눈앞에 있어서 더욱 실감되고, 그것으로부터 바로 이익을 얻을 수 있기 때문에 입이 즐겁다는 것이다. 때때로 욕심이나 탐욕을 비판하는 데 사용될 수 있다. 즉, 너무 욕심내어 손에 없는 것을 바라는 대신에, 현재 소유하고 있는 것들에 대해 감사하고 즐기는 태도가 중요하다는 것을 상기시켜준다.

아프리카 사람들은 특히 서부 아프리카 사람들은 음식을 손으로 만지작거린 다음 입에다 넣어 씹지 않고 그냥 삼킨다. 그들은 손으로 만지는 촉감이 입에서의 촉감보다 더 중요하다고 한다. 그러니까 손으로 만져서 즐기면, 입도 동시에 즐기게 되는 것이다.

2백 마리의 파리가
빗자루에 숨어 기다릴 수 없다

Two hundred flies hide

in the broomstick and can't wait

나이지리아 요루바 격언

이 격언은 어떤 상황이나 문제가 너무 크거나 심각해서 그것을 감추거나 무시할 수 없다는 의미를 담고 있다. 파리가 많아서 빗자루에 숨어있지 못하는 것처럼, 문제나 상황이 너무 크고 중요하기 때문에 그것을 무시하거나 피할 수 없다는 것이다. 이는 어떤 문제나 상황에 대해 대처하거나 해결책을 찾아야 할 때, 그 중요성을 인식하고 무시하지 말아야 한다는 뜻이다.

이웃집에서 놀고 있는 개는
다리가 부러질 때까지
주인집으로 돌아오지 않는다

A dog playing in a neighboring neighborhood
does not return to its owner's house until his leg is broken

우간다의 루콘조 격언

나이지리아 사람들은 집을 나가 아무리 부자가 되고 고관이 되어도, 늙고 또 사업에 실패하면 제 고향 집으로 돌아온다고 한다. 이 격언은 무절제하고 방종한 삶을 사는 사람들에 대한 경고의 도덕적인 교훈을 담고 있다.

개가 집에 돌아가지 않고 계속해서 길을 배회한다면, 그 개는 어떠한 위험에 노출될 가능성이 높아지고, 결국 다치거나 죽을 수도 있다. 마찬가지로, 우리 인생에서도 어떤 행동이나 생활 방식이 계속되다가 결국 위험하거나 해로울 수 있다. 따라서 우리는 자제력과 규율을 가지고 삶을 살아가야 한다. 집 나간 개처럼 살아서는 안 된다.

무화과는 속이 빨개서 아름답지만
그 속에는 개미가 가득하다

Fig is beautiful because it is red inside,
but it is full of ants

남 아프리카 쇼나 격언

이 격언은 밖에서 보기에 아름답고 매력적으로 보이는 것이 내부적으로는 문제가 많을 수 있다는 것을 비유적으로 나타낸다. '개미가 가득하다'는 것은 외부의 아름다움과는 달리 실제로는 내부에 문제나 걱정거리가 있다는 뜻이다.

우리는 외모나 표면적인 아름다움에 속아 속에 있는 문제를 간과하지 말아야 한다. 때로는 외부적으로 아름다운 것들도 내부적으로는 문제가 있을 수 있으므로 우리들은 외면에 현혹되지 말고 내부적인 본질을 이해하고 인지해야 한다. 이쁜 꽃들은 독이 있는 경우가 많다.

원숭이는
다리[橋]와 상관없다

Monkey has no
business with bridge

나이지리아 격언

일상생활에서 아무런 상관이 없는 것들에 대해 비유적으로 나타내는 격언이다. 여기서 '다리'는 원숭이의 존재와 직접적인 연관이 없는 대상이나 사건을 뜻한다. 따라서 다른 사람들의 문제나 일에 개입하지 않는 것을 권장하기도 한다. 우리가 적절한 위치에서 끼어들거나 개입하지 않고 다른 사람들에게 존중과 자유를 줘야 한다는 것을 상기시켜준다.

닭이 족제비와 싸우려면
다시 생각해야 한다

If a chicken wants to fight a weasel,
it has to think twice

켄야 사미아 격언

이 격언은 불리한 상황에서는 신중한 판단과 대처가 필요하다는 뜻을 담고 있다. 닭과 족제비는 서로 크기와 능력 면에서 차이가 있기 때문에 닭이 족제비와 싸우려 한다면 이를 신중히 고려해야 한다는 것을 비유적으로 나타냈다.

우리는 어떤 상황에서 도전하거나 대면하는 상대에 대해 신중하게 판단하고 행동해야 한다. 모든 상황에서 무작정 돌진하기보다는 상황을 다시 살펴보고 전략을 재고해야 하는 것이다. 그렇게 하면 더 나은 결과를 얻을 수 있고, 불필요한 위험을 피할 수 있다. 상대의 체급을 생각하도록 하자.

바가지를 감춰둔 곳에
돌을 던지지 마라

Don't throw stones
where the rip-off is hidden

카메룬 베티 격언

이 격언은 자신이 무언가를 숨겨둔 상황에서는 다른 이들을 비판하거나 공격하지 말아야 한다는 의미를 담고 있다. 특히 자신의 비밀이나 잘못을 감추고 있는 상황에서 타인을 비난하거나 공격하는 것은 옳지 않다는 것을 뜻한다.

우리 자신이 특정 문제에 대해 책임을 질 수 없는 상황에서 다른 이들을 비난하거나 공격하는 것은 올바르지 않다. 어떤 잘못을 저질렀지만 그것을 숨기고 있을 때, 다른 이들의 행동에 대해 비판하거나 공격하는 것도 마찬가지이다. 자신이 책임을 질 수 없는 상황에서는 타인을 비난하는 것보다는 자신의 행동을 돌아보고 개선하는 것이 필요하다.

배움은 모든 것을
광명으로 인도한다

Learning leads

everything to light

콩고 공화국의 격언

지식과 배움이 사람을 올바른 길로 인도하고 풍요롭게 만든다는 의미를 담고 있다. 학습과 교육은 인간에게 새로운 시각과 이해를 제공하여 인생을 더욱 밝게 만든다는 뜻의 격언이다.

배움은 인간이 자신의 잠재력을 발견하고 발전시키는 데 큰 역할을 한다. 지식을 통해 우리는 세계를 더 깊이 이해하고 문제를 해결하는 방법을 습득할 수 있으며, 삶을 보다 의미 있고 풍요롭게 만들어 준다. 또한, 배움은 인간의 가치관을 형성하고 성장시키는 데에도 중요한 영향을 미친다. 지식을 통해 우리는 더 나은 선택을 할 수 있고, 자신과 다른 이들에게 더 이해심 있고 배려심 깊은 태도를 가질 수 있게 된다.

침묵은 너를 위하여
기회를 주지 않는다

Silence does not
give you a chance

켄야 루오 격언

이 격언은 소통과 표현의 중요성을 강조한다. 침묵이 자신의 목소리를 들려주지 않고, 기회를 제공하지 않는다는 뜻이다.

말하지 않고 소리내지 않으면 다른 사람들에게 자신의 생각이나 감정을 전달할 수 없다. 어떤 문제가 있을 때 침묵하고 그 문제를 해결하지 않으면, 그것은 해결되지 않을 뿐만 아니라 다른 사람들도 그 문제에 대해 알지 못할 것이다. 또한, 자신의 의견이나 생각을 표현하지 않으면 다른 사람들이 그것을 알지 못하고 고려하지 못할 수 있다. 따라서 자신의 목소리를 내어 표현하고 의사소통하는 것이 자신을 위해 기회를 만들어내고 발전시키는 데 도움이 될 것이다.

사자와 호랑이가 함께 사냥하는 것보다
각자의 먹이를 쫓아가야 한다

Each lion and tiger have to chase
their prey rather than hunt together

나이지리아 요루바 격언

사자와 호랑이는 각각 다른 먹잇감을 추구하고 서로 다른 방식으로 사냥을 한다. 만약 함께 사냥을 하면 상대방의 목표나 목적을 위해 희생을 해야 할 수도 있다. 하지만 각자의 먹이를 쫓아가면 자신의 노력과 능력을 발휘하여 자신의 목표를 달성할 수 있다. 그러므로 우리는 이 격언처럼 다른 사람들과의 경쟁이 아닌 자신의 역량을 개발하고 자신만의 길을 가야 한다. 각자의 잠재력을 최대한 발휘하여 자신만의 성공을 이루는 것이 중요하다. 참고로 호랑이와 사자는 같은 지역에서 살지 않는다.

음식 맛을 제대로 알기 위해서는
어린 시절부터 어머니의 안내를 받아야 한다

To know the taste of food properly,
I have to be informed from my mother from childhood

잠비아 로지 격언

어머니는 우리가 어릴 때 음식을 살펴보고 맛을 경험하는 데 중요한 역할을 한다. 우리에게 어떤 음식을 선택해야 하는지, 어떤 맛을 즐겨야 하는지, 건강에 좋은 음식이 무엇인지 등을 가르쳐 준다. 또한, 음식을 조리하고 요리하는 법을 알려주며, 가족이 함께 식사하는 경험을 통해 음식의 중요성과 함께하는 소중한 시간을 만들어 준다. 이 격언은 어머니의 가르침을 따르고 그녀와 함께 음식을 즐기며, 건강하고 맛있는 식사를 즐기는 것이 중요하다는 교훈을 담고 있다. 우리에게 어머니는 훌륭한 가정교사이다.

숲속 똑같은 곳에서 두 번 있게 된다면
당신은 길을 잃었다

If you find yourself in the same place
in the forest twice, you are lost

카메룬 베티 격언

숲속에서 길을 잃는다는 것은 자신의 목적이나 방향을 잊어버리는 것을 의미한다. 그런데 같은 장소에서 다시 멈추게 되었다면, 그것은 자신이 가야 할 길을 찾지 못하고 있다는 뜻이다. 이는 자신의 목표를 재확인하고 새로운 방향을 찾아야 한다는 것을 뜻한다. 따라서 우리는 반복되는 상황에서는 자신이 무엇을 원하는지를 다시 한번 생각해 보고, 필요한 경우에는 새로운 전략이나 방향을 모색해야 한다. 원점 재검토가 필요한 상황이다.

희망은
수렵꾼을 사살한다

Hope kills
the hunter

우간다 루콘조 격언

이 격언은 때로 희망이 상실이나 실망을 가져올 수 있다는 것을 비유적으로 나타내는 표현이다. 여기서 '수렵꾼'은 사물을 노리고 추구하는 사람을 상징하며, '희망'은 그 추구의 대상을 뜻한다.

지나치게 희망적이거나 자신감이 넘치는 사냥꾼은 부주의한 실수를 할 수 있으며, 이로 인해 사냥 실패로 이어지거나 그의 안전이 위협받을 수 있다. 따라서 우리는 때로 희망이 너무나 강렬하거나 너무나 높은 기대를 부여할 때, 그것이 오히려 실망을 가져올 수 있음을 알아야 한다. 희망이 지나치게 커지면서 희망이 현실과 어긋날 때 그 실망감은 이루 말할 수 없다. 지나친 희망이나 자신감은 실패나 위험을 초래할 수 있다. 그러니 지나치게 낙관적이거나 불필요한 위험을 감수하지 말아야 한다.

장님이 돌을 던지겠다고 하면 조심하라
돌이 그의 발을 차서 화가 났다

Be careful if the blind man says he'll throw a stone,
I'm angry because the stone kicked my foot

잠비아 은셍가 격언

이 격언에서 '장님'은 주변의 권위 있는 사람이나 리더를 나타내며, '돌을 던지겠다'는 행동이나 발언을 의미한다. 그리고 '돌이 그의 발을 차서 화가 났다'는 것은 예기치 못한 결과로 인해 누군가가 분노하거나 불평을 할 수 있다는 것을 뜻한다. 즉, 장님이나 권위자의 행동이나 발언이 예상치 못한 결과를 초래할 수 있으며, 이에 주변 사람들은 그것을 주의 깊게 살펴봐야 한다는 의미를 가지고 있다.

다른 뜻으로는 약하거나 무력해 보이는 사람들을 경계해야 한다는 것을 알려준다. 맹인은 아무것도 모르고 약해 보이지만, 그는 실제로 당신에게 해를 줄 수 있는 방법을 알고 있을 수 있다. 따라서, 외부 모습이나 가정에 따라 다른 사람들을 과소평가해서는 안 되며, 언제나 조심해야 한다.

강가에 있는 나무는
물고기의 언어를 이해한다

The tree by the river understands
the language of the fish

나이지리아 격언

어떤 상황에서 이해하기 힘든 것을 이해하는 능력을 가진 사람을 비유적으로 나타낸다. 실제로는 강가에 서 있는 나무는 물고기의 언어를 듣고 이해할 수 없지만, 이 격언은 나무가 물고기의 언어를 이해한다는 것을 비유적으로 사용되었다. 즉, 어떤 사람이나 상황이 다른 것을 이해할 수 있다는 뜻이다.

이것은 보통 사람들이 이해하지 못하는 것이라고 여겨지는 것에 대해 이해하는 능력이다. 하지만 우리는 이해할 수 없는 상대방의 의견이나 관점을 받아들이는 것도 필요할 수 있다. 그것이 해결책을 찾는 데 도움이 될 수 있다면 말이다. 참고로 사육사들은 동물의 언어를 조금은 이해한다고 한다.

새는 자신의 크기와 기술에 맞게 둥지를 짓는다

The bird builds her nest true
to her own size and skill

카메룬 베티 격언

새는 가장 안전한 곳에 집을 짓고 적절한 재료로 집을 짓는다. 그리고 새는 가장 안전한 곳을 찾아 집을 지어 알을 까고 새끼를 친다. 집을 짓는 재료도 가장 적절한 것을 잘 알아 날려 집을 짓는다. 집을 짓는 시기도 잘 골라 집 짓는다. 대부분의 새는 한번 집을 짓고 알 까고 새끼 쳐서 날려 보낸 다음 미련 없이 집을 버리고 간다. 평생 사람처럼 집의 노예가 되어 살지 않는다. 과유불급過猶不及하고, 안분지족過猶不及하는 것이다.

이 격언은 새가 자신의 크기와 기술에 따라 자신만의 둥지를 짓듯이, 우리도 자신의 능력과 상황에 맞게 행동해야 한다는 것을 의미한다. 각자의 장단점을 고려하여 적절한 선택을 하는 것이 중요하며, 그것이 더 나은 결과를 이룰 수 있도록 도와준다. 따라서 우리 자신의 한계를 이해하고 그에 따라 행동하는 것이 중요하다.

더 빨리 달리는 자는
더 빨리 지친다

He who runs faster,

tires faster

수단 푸르 격언

지나치게 서둘러 행동하거나 일하는 사람은 더 많은 스트레스와 피로를 겪게 된다. 걸으면 수십 킬로미터도 갈 수 있지만, 빨리 뛰면 고작 몇 십미터에서 몇 킬로미터일 것이다. 빠른 속도로 달리는 것은 일시적으로는 성과를 가져올 수 있지만, 장기적으로는 건강에 해를 끼칠 수 있다. 피로와 스트레스는 생산성을 감소시키고, 결국에는 더 많은 휴식과 회복 시간이 필요하게 된다.

안정적이고 꾸준한 노력과 조절된 속도로 일을 처리하는 것이 중요하다. 그래야 더 오래가고 더 나은 성과를 이룰 수 있다. 노력과 에너지를 지속적으로 관리하고 건강을 유지하는 것이 중요하다. 지나치게 급한 마음가짐이나 빠른 속도로 일을 처리하는 것은 오히려 효율성이 떨어진다. 과로가 과로사로 이어질 수 있다.

망고는 겉으로 보기에는 좋아 보이지만
속이 썩지 않는다는 보장은 없다

Mangoes look watery and good on the surface,
but there is no guarantee that the inside will not rot

우간다 루간다 격언

겉만 봐서는 속을 알 수 없다. 겉으로 보기에 맛있어 보이는 망고가 실제로는 부패해 있을 수 있다는 것을 말한다. 이를 비유적으로 해석하면 겉으로는 좋아 보이지만 실제로는 나쁜 것일 수 있다는 것을 경고하는 격언이다.

우리는 주의를 기울이지 않고 너무 외모나 표면적인 것에 현혹되지 말아야 한다. 외부적인 모습만으로 판단하면 안 되며, 내부적인 진실과 상태를 확인하고 검토해야 한다. 때로는 보이는 것과 실제가 다를 수 있으므로 주의가 필요하다.

코끼리가 죽은 날
모든 칼들을 볼 수 있다

One sees all sort of knives
on the day an elephant dies

나이지리아 요루바 격언

　이 격언은 리더나 권력을 가진 사람이나 조직이 위기 상황에 처하면 모든 잠재적인 위협이나 문제를 인식할 수 있다는 뜻이다. '코끼리가 죽은 날'은 상황이 매우 위급하거나 심각할 때를 나타내며, '칼들'은 위협이나 문제를 상징적으로 나타낸다.

　코끼리가 죽으면 다투어 코끼리 상아를 빼 갈려는 자들이 나타난다. 대개 유명인이나 권력자가 사망하면 후계자들이 그 자리를 빼앗기 위해 각종 쟁점을 제기하거나 자신들의 이익을 위해 악수를 추구한다. 따라서 리더나 조직이 위기 상황에 처했을 때 우리는 상황을 정확하게 인식하고 적절하게 대응해야 한다. 줄을 잘 서야 한다.

서로의 눈을 닦아주려고
결혼하여 산다

We live in couples to clean
each other's eyes

카메룬 베티 격언

서로를 돌보고 배려해 주는 관계에서 결혼이 중요하다는 것을 의미한다. '눈을 닦아주려고'는 서로를 돌보고 챙기는 것을 뜻하며, 결혼은 이러한 서로의 배려와 돌봄을 실천하기 위한 수단으로 사용된다는 것을 비유적으로 나타낸다.

결혼은 서로를 사랑하고 배려하는 관계를 형성하고 서로의 어려움을 함께 나누고 서로를 지지해 주며, 함께 성장하고 발전한다. 따라서 결혼은 서로를 돌보고 배려해 주는 관계에서 중요하며, 그러한 관계를 유지하는 데에 노력을 해야 한다. 검은 머리가 파뿌리가 될 때까지 말이다.

추장이 바닥에 앉아 있는 곳에선
의자에 앉으려 들지 마라

If your team leader is sitting on the floor,
don't try to sit in a chair

남 아프리카 격언

이 격언은 상황에 따라 적절한 예의와 행동을 보여야 한다는 것을 뜻한다. 여기서 '추장'은 고위직이나 권력을 지닌 사람을 의미한다.

우리는 상대방의 위치나 지위를 존중하고 적절한 예의를 갖추어야 한다. 추장이 바닥에 앉아 있는데 의자에 앉으려고 한다면 그것은 예의에 어긋나는 행동으로 비춰질 수 있다. 어떤 상황에서도 적절한 예의와 존중이 필요하며, 다른 사람의 편안한 자리나 위치를 존중하는 것이 중요하다. 사람은 자신의 자리를 알아야 한다.

침묵의 혀는
그의 주인을 배신하지 않는다

The tongue of silence
does not betray his master

나이지리아 격언

살다보면 침묵이 때로는 말보다 더 강력할 때가 있다. 여기서 '침묵의 혀'는 말하지 않음을 의미하며, '주인'은 그것을 통제하는 사람을 나타낸다.

침묵은 때로는 말로 표현할 수 없는 더 큰 의미나 감정을 담고 있을 수 있으며, 그것은 주인인 사람에게 신뢰와 충실함을 보여줄 수 있다. 말을 하지 않으면 주인에게 문제가 생기지 않으며, 때로는 조용하게 지내는 것이 현명한 선택일 수도 있다. 침묵은 금인 것이다.

닭에 모욕 주는 바람은
언제나 뒤에서 불어온다

The breeze that disgraces
the chicken always comes from the back

감비아 격언

이 격언은 음모는 언제나 뒷전에서 온다는 비유적인 표현으로, 때로는 뒤에서는 상대방이 우리를 비하하거나 우리의 자존심을 상하게 하는 일이 발생할 수 있다는 뜻이다. 이러한 일은 종종 우리의 뒷면에서 일어나기도 한다. 그렇다고 해서 복수를 한다고 상대방에게 해를 가하는 행동을 하면 안 된다. 우리는 항상 조심스럽게 행동하고, 항상 주변 환경을 살펴보면서 예의를 지켜 행동해야만 한다. 뒤에서 남의 험담은 하지 말아야 한다.

당나귀는 하이에나로부터
그의 아내를 구하려 하지 않는다

The donkey does not try to
save his wife from the hyena

에티오피아 격언

이 격언은 자신의 이익만을 생각하고 다른 이의 고통을 무시하는 사람이 있다는 비유적인 표현이다. '당나귀'는 이기적인 사람을 의미하며, '하이에나'는 위협적이거나 악의적인 상황을 상징한다. 자신의 이익을 위해 다른 이의 고통을 무시하거나 돕지 않는 이기적인 행동에 대한 경고를 담고 있다.

당나귀는 자신의 아내를 하이에나로부터 구해주지 않는다는 것은 자신의 이익을 위해 다른 이를 배신한다는 의미이다. 조강지처를 버린 것이다. 이런 이기적이고 행동은 결국에는 자신에게도 해를 끼칠 수 있다. 배려와 도움의 마음이 중요하다.

당신의 나쁜 아이를 버릴
나쁜 숲은 없다

There is no bad bush where
you can throw away your bad child

시아라리온 크리오 격언

이 격언에서 '숲'은 아낌없는 부모의 사랑을 의미한다. 어떠한 상황에서도 부모는 자녀를 버리지 않고 사랑하며 돌봐준다. 부모의 사랑은 조건이나 상황에 관계없이 영원히 이어진다. 나쁜 아이가 되었더라도 부모의 사랑은 변하지 않으며, 부모는 자녀를 포기하지 않고 지속적으로 돌봐준다. 부모의 사랑은 무한하고 강력하며, 그것은 어떠한 상황에서도 변하지 않는다. 부모님의 은혜는 한량이 없다.

두 눈으로 한꺼번에 물병 입을 통하여
속을 들여다볼 수는 없다

You can't look inside through the mouth of
a water bottle at once with both eyes

가나 격언

사람이 사물을 볼 때 두 눈으로 본다. 그러나 한 눈으로 봐야 하는 특수한 경우도 있다. 사물을 보는 방식이 다 동일할 수는 없다. 경우에 따라서는 그에 적합한 방법을 써야 한다.

이 격언은 한 번에 두 가지 일을 할 수 없다는 의미로, 두 가지 일에 동시에 집중하면 양쪽 모두에 대한 질을 희생할 수 있기 때문에, 하나씩 일을 처리하고 집중해야 한다는 것을 뜻한다. 우리가 우선순위를 설정하고 일을 처리하면서, 무엇이 먼저 해야 하는지에 대해 고민하는 것이 중요하다.

물고기는 우비와
아무런 상관없다

Fish have nothing to do
with raincoats

가봉의 크리오 격언

이 격언은 아무짝에도 쓸데없고 가당치도 않은 짓거리하지 말라는 뜻이다. 물고기가 우비가 필요할까? 때때로 관련이 없는 주제에 대해 이야기할 때나 어떤 주제와 관련이 없는 논쟁이나 논란에 대한 비판을 나타낼 때도 사용된다. 예를 들어, "그들이 축구와 관련 없는 주제에 대해 이야기하는 것은 마치 물고기와 방수제에 대해 이야기하는 것과 같다"라는 식으로 사용할 수 있다.

호랑이가 조용히 배회한다고 해서
소심한 것은 아니다

That a tiger prowls along quietly
doesn't mean he is timid

나이지리아 격언

겉과 속은 다르다. 속은 숨기고 겉으로는 척하며 위장한다. 사회 생활하면서 우리는 이렇게 능청맞은 사람을 많이 보며 살아간다. 그러니 속 다르고 겉 다른 사람 경계해야 한다.

이 격언은 겉으로는 조용해 보이지만 내면에는 강력하고 위협적인 성격을 가진 사람이나 동물을 묘사한다. 겉으로는 차분하고 조용한 사람이나 동물도 내면에는 강한 의지와 결단력을 가진 경우가 있다. 때로는 겉으로는 부드러워 보이는 사람이나 동물이 더 강한 성격을 지니고 있는 경우도 있을 수 있다. 외모와 행동이 내재된 성격과는 다르다는 것을 알아야 한다.

표범은 염소 없이는
제 집에 가지 않는다

Leopard doesn't go home

without a goat

우간다 룽간카레 격언

표범은 사냥을 통해 염소를 잡아먹음으로써 생존할 수 있다. 여기서 표범은 자신의 음식인 염소가 있어야만 집으로 돌아갈 수 있다. 이 격언은 상호 의존성과 상황에 따른 특정한 필요성을 나타낸다. '표범'은 사회나 그룹 속에서 상대적으로 강력하거나 권위 있는 개인이나 집단을 상징하고, '염소'는 그들에게 필요한 조건, 자원(음식), 또는 협력자를 뜻한다. 여기서 배고픈 표범은 염소가 필요한 상황이다. 상호 의존적이다. 그러면 지금 우리에게는 무엇이 필요할까?

호랑이를 창조한 것에 대해
하나님을 비난하지 마라 그가 그에게
날개를 주지 않은 것에 감사하라

Do not blame God for creating the tiger
Be thankful he didn't give him wings

에티오피아 격언

때로는 고난과 문제가 삶을 더 풍부하게 하고 성숙시킨다. 현재 고난이 있다고 신에게 불평을 하기보다는 더 나쁘게 하여 주시지 않으신 것을 다행으로 여기며 감사하라는 격언이다. 우리가 자연의 존재들을 비난하거나, 우리 삶에 불편을 끼치는 원인으로 생각하는 것보다, 그들이 우리의 삶에 끼치는 긍정적인 영향을 생각해 봐야 한다. 우리는 자연을 비롯한 우리 주변의 모든 것들에 대한 존경과 감사의 마음을 가져야 한다. 감사하는 마음가짐은 모든것을 복되게 한다.

빈손의 사람에게서는
아무것도 얻을 수 없다

You can't get anything from
an emptyhanded person

수단의 푸 격언

　사냥을 하거나 장사를 하거나 어떤 일을 하려면 그 일에 필요한 화살이나 칼이나 물건 등의 자원이나 능력이 필요하다. 이러한 적절한 자원과 능력은 성공에 필수적이기 때문이다. 그런데 이런 것들이 전혀 없는 사람에게서 도움이나 지원을 기대하는 것은 시간과 에너지를 낭비하는 일이다. 그에게서는 무엇도 얻을 수 없기 때문이다. 도움이나 자원이 필요한 경우, 그 자원을 제공할 수 있는 능력이 있는 사람에게 기대해야 한다. 그래야만 하고자 하는 일에 성공을 할 수 있기 때문이다. 즉, 사람을 잘 골라야 하는 것이다.

너의 형제가 재물을 가지면
너는 그것을 바란다

When your brother has wealth,
you wish for his wealth

카메룬 베티 격언

이 격언은 가난한 사람들 사이에서 자주 쓰이는 말로, 형제나 가까운 친척이 재물을 가지게 되면 그것을 이웃이나 다른 가족 구성원도 함께 원하는 것을 의미한다. 이는 가난한 사람들 사이에서 재물의 소유가 공유되는 것을 뜻하며, 가족 간의 상호 지원과 연대의 중요성을 강조한다. 가난한 환경에서는 개인이 아니라 가족이나 지역 사회의 재물을 공유하고 지원함으로써 모두가 삶의 질을 향상시킬 수 있다는 메시지가 담겨 있다.

다른 뜻도 있다. 우리는 가족 구성원들과 함께 번영하고 행복하길 바라는 마음을 갖고 있어야 한다는 것이고, 서로가 함께 번영할 수 있도록 도와줄 필요가 있다는 것이다.

남의 밭에 들어간 적이 없다면
아버지의 밭이 가장 크다고 할 것이다

If you never went into another man's farm,
you would say your father's farm is the largest

나이지리아 요루바 격언

타인들과 대비하여 보지 않으면 자신이 갖고 있는 능력과 재물이 우월하다는 것을 알 길이 없다. 그러니 세상 물정 살펴보고 자신의 위치를 확인하며 살아가야 한다는 격언이다.

다른 사람들과 비교하지 않으면 자신의 것이 가장 크거나 최고라고 생각할 수 있다. 정보의 부재 상태이고, 우물 안 개구리인 것이다. 비교는 사람들에게 더 나은 미래를 위해, 더 나은 발전을 위해 노력하게 만든다. 더 나은 것을 추구하는 것은 감출 수 없는 인간의 본성이다. 꿈은 크게 가져야 크게 이루어지는 법이다.

야채 국물을 조금씩 아껴 먹어도
결국에는 다 먹게 될 것이다

Even if you save the vegetable soup little by little,
you'll end up eating it all

우간다 루간다 격언

음식을 새로 구입하지 않는 이상 아무리 아껴 먹어도, 결국에는 음식은 바닥 난다. 이 격언은 일어날 일은 결국 일어나는 의미를 담고 있다.

우리는 피할 수 없는 일은 아무리 미루거나 절약해도, 끝에는 그 일을 마주하게 된다. 불가피한 상황이나 문제를 회피하려 해도, 결국은 그것을 해결하거나 받아들여야 한다. 그러므로 현실적인 문제나 과제를 미루는 대신, 직면하고 해결하는 것이 더 나을 수 있다. 따라서 좀 더 지속적인 상태를 유지하려면 우리는 자원 관리와 문제 해결에 있어서 현실적인 접근과 장기적인 계획의 필요하다.

묻기를 좋아하는 이는
결코 독버섯을 먹지 않는다

Anyone who likes to bury never
eats poisonous mushrooms

잠비아 벰바 격언

이 격언은 두 가지 해석이 가능하다. 첫 번째 해석은 묻기를 좋아하는 사람들은 사전에 충분한 정보나 조사를 하고 판단을 내리기 때문에 독버섯과 같이 위험한 것은 피한다는 뜻이고, 두 번째 해석은 자신의 의견을 피력하고 다른 사람들과 소통을 좋아하는 사람을 의미한다. 이러한 사람들은 독버섯과 같이 다른 사람에게 해를 끼칠 수 있는 것을 피하며, 화합과 조화한다. 어떤 해석을 하더라도, 이 격언은 신중하고 조심스럽게 행동하는 것의 중요성을 강조하고, 위험한 상황을 피하는 것이 현명한 선택임을 알려준다.

침팬지가 나무에 손을 얹으면
그 나무에 올라가고 싶어진다

When the chimpanzee puts his hand on the tree,
he wants to climb it

카메룬 베티 격언

이 격언은 타인의 행동이나 영향이 자신에게 영향을 미칠 수 있다는 뜻이다. 누군가가 어떤 활동이나 행동을 시작하면, 그 주변의 사람들도 그에 영향을 받아 동일한 행동을 하거나 같은 방향으로 움직이는 경우가 있다. 이는 사람들이 서로 영향을 주고받는 상호작용에 따른 행동이다. 유명인 주변에서 이런 일들이 자주 일어난다. 따라서 주변 환경이나 다른 사람의 영향을 받지 않으려면 확고한 자신만의 판단과 행동이 필요하다. 부화뇌동附和雷同하지 말아야 한다.

밥을 짓는 데는 어미 손이 필요하고,
불을 끄는 데는 자식들의 몫이다

It takes a mother's hand to cook rice,
and it's up to her children to put out the fire

짐바브웨 소나 격언

가정이나 사회에서 각자의 역할과 책임이 다르며, 서로 협력하고 조화를 이루는 것에 대한 의미를 담고 있는 격언이다.

아프리카에서 어머니는 가족을 위해 밥을 짓는 등 주된 양육과 돌봄을 담당하며, 자식들은 성인이 되어 가정의 안전과 안정을 유지하는 역할을 맡게 된다. 이는 각 세대가 고유한 역할을 가지고 있으며, 상호 의존성과 협력의 중요성을 강조한다. 자식들이 불을 끄는 역할을 맡는 것은 그들이 성장하여 성인으로서의 책임을 다한다는 뜻이다. 세대 간의 조화와 협력, 책임감은 가정이나 사회를 구성하는 데 중요한 역할을 한다. 자신에게 주어진 역할을 잘 하도록 하자.

계속 사용하는 표주박은 기워,
고쳐 쓸 수 있다

You can fix and rewrite the gourds

that are still used

우간다 루간다 격언

무엇이든 물건을 사용하면서 자연스럽게 손상되고 망가져 가지만 우리가 소중하게 여기는 물건이라면 적극적으로 관리하고 수리해야 한다는 것을 상기시키는 격언이다.

자원 절약과 재활용의 중요성을 강조하며, 물건을 소중히 여기고 오래 사용함으로써 자연환경과 에너지를 절약할 수 있다는 교훈도 있다. 우리는 물건을 아끼고, 수리하고 재활용하는 습관을 길러야 한다. 아껴야 잘 산다.

염소가 사람 근처에서 출산하는 이유는
개로부터 아기를 보호하기 위해서다

The reason goats give birth near humans is to
protect their babies from dogs

짐바브웨 쇼나 격언

이 격언은 때로는 상황을 바꾸고 어려움을 극복하도록 다른 사람들에게 도움을 요청하는 것의 중요성을 강조한다.

염소가 사람 가까이에서 귀중한 자신의 새끼를 낳기를 원하는 것은 사람의 보호를 받기 위해서다. 자신을 보호하여 주는 사람 가까이에 있으면 사람의 보호를 받아 안전하게 새끼를 낳을 수 있기 때문이다. 이렇게 만물은 상호 의존하며 존재한다. 개인이나 국가나 자신을 보호하여 주는 이를 가까이 두면 필요시 도움을 받을 수 있다. 그러니 우리는 서로 보호하여 주는 이와 가까이하면서 안전하게 살아가야 한다.

코끼리를 삶은 솥에
이슬을 요리할 수 없다

The pot that cooked
a elephant cannot cook dew

우간다 룬양코레 격언

이 격언은 불가능한 일을 시도하는 것에 대한 비유적인 표현이다. '코끼리를 삶은 솥'은 이미 매우 큰 일을 이루었거나 어떤 상황에서 이미 처리된 상태를 나타낸다. 그리고 '이슬을 요리한다'는 행위는 불가능한 일을 시도하는 것을 뜻한다.

이슬은 물방울이므로 요리에 사용될 수 없으며, 이를 요리한다는 것은 불가능한 일이다. 그러므로 이미 발생한 상황이나 결정된 일에 대해 헛된 시도를 하거나, 불가능한 것을 시도하는 것은 헛된 노력이다. 시간과 에너지의 낭비이다. 오히려 더 나쁜 결과를 초래할 수 있다. 헛된 꿈에서 깨어나야 한다.

목을 잘 지켜라
그러면 목걸이를 잘 지킬 수 있다

If you keep your neck well,
you can also keep your necklace well

잠비아 벰바 격언

　자신의 건강을 지키면 그 외의 것도 보호할 수 있다는 의미를 담고 있다. '목을 잘 지켜라'는 몸의 핵심 부분인 목을 보호하라는 경고이며, 건강을 유지하고 안전을 지키라는 충고이다. 건강과 안전을 지키면 자신의 소지품이나 가치 있는 것들도 함께 보호할 수 있다는 뜻의 격언이다.

　사람에게 가장 중요한 것이 생명이다. 건강하면 생명을 지킬 수 있다. 물건을 잃어버렸다면 그것을 대체할 수 있지만, 한 번 잃은 생명과 건강은 다시 얻기 어렵다. 정말로 소중한 것을 지키고 보호하는 노력이 중요하다. 건강하면 뭐든 할 수 있다.

키를 키운다고
언덕을 오르면 키가 더 커질까?

Will climbing the hill
make you taller?

카메룬 베티 격언

이 격언은 단순히 특정한 행동이나 노력을 하더라도 결과가 예상한 것과 다를 수 있다는 것을 비유적으로 나타낸다. '키를 키운다고' 하는 것은 어떤 목표를 달성하기 위해 노력하는 것을 뜻하고, '언덕을 오르면'은 노력이나 힘든 시련을 겪는 것을 뜻한다. 그러나 이 두 가지가 서로 연결되어 있지 않는다. 특정한 행동이나 노력이 특정한 결과를 가져오지 않을 수 있기 때문이다.

우리는 때로는 노력이나 힘든 과정을 거쳐도 원하는 결과를 얻지 못할 때가 있다. 목표를 설정하고 노력하는 것도 중요하지만, 그것만으로도 모든 것을 달성할 수 있는 것은 아니라는 것을 알아야 한다.

농부를 괴롭히는 것은
숲에 있는 새 떼를 즐겁게 한다

Bullying the farmer entertains
the flock of birds in the forest

나이지리아 요루바 격언

이 격언은 어떤 사람이나 집단이 다른 사람을 해치거나 괴롭히는 것이 자신에게 유익하다고 생각하는 상황을 비유적으로 나타낸다. '농부를 괴롭힌다'는 방해하거나 해친다는 것을 의미하며, '새 떼를 즐겁게 한다'는 것은 자신에게 즐거움을 가져다주는 일을 뜻한다.

자신의 이익을 위해 다른 사람의 손실을 무시하거나 인정하지 않고 행동하는 경우를 비판받아야 한다. 다른 사람의 피해나 고통을 무시하고 자신의 이익을 추구하는 자기중심적인 행동은 결국에는 모두에게 해로운 결과를 초래할 수 있다. 또 다른 뜻으로 이 일상적으로 겪는 어려움과 문제들이 다른 사람에게는 재미있게 보이기도 한다는 것을 의미한다. 어떤 사람들에게는 어려운 문제지만, 다른 사람에게는 그저 재미로 여겨질 수도 있다는 것이다.

나에게 나귀가 없으니
하이에나와 싸울 까닭이 없다

I have no reason to fight
hyenas unless I have a donkey

아프리카 격언

싸움은 늘 상대방이 노리는 것을 갖고 있던지 아니면 추구하는 것이 있기 때문에 벌어지는 것이다. 만약 그런 것이 없다면 상대방이 시비를 걸 까닭이 없다.

이 격언은 더 큰 문제에 직면한 경우에는 작은 문제에 신경을 쓰지 않아야 한다는 의미를 가지고 있다. 하이에나는 아주 위험한 동물이기 때문에, 어떤 작은 문제도 하이에나와 싸움을 할 만큼 위험하지 않다는 것을 뜻한다. 무모한 위험을 감수할 필요가 없는 것이다.

소유하지 않은 것에 대해 경쟁하거나 싸우려는 것은 위험하며, 더 큰 위험을 초래할 수 있다. 애초에 자신이 갖고 있지 않은 것에 대해 경쟁하거나 싸우려는 것은 부주의하고 무모한 일이다. 현명하게 대처하는 것이 중요하다.

오늘의 관목 지대는
내일의 숲이다

Today's shrubbery is
tomorrow's forest

감비아의 벰바 격언

　오늘 무더운 메마른 땅에 나무를 심어 환경에 이롭게 하면 내일에는 서늘한 숲이 된다. 오늘 작은 나무를 심으면 훗날 커다란 숲이 될 수 있다. 그러니 지금 나무 묘목을 심어야 한다.

　이 격언은 작은 시작이 큰 성과로 이어질 수 있다는 뜻이다. '관목'은 작은 나무나 수목을 의미하며, '지대'는 특정한 지역이나 영역을 나타낸다. 작은 관목이 모여 숲이 되듯이, 현재의 노력과 작은 성취가 미래에는 큰 성공으로 이어질 수 있다. 따라서 오늘의 노력과 작은 성과를 소중히 여기고 계속해서 노력한다면, 미래에는 큰 성과를 거둘 수 있을 것이다.

물을 앞에 던지는 사람은
젖은 땅 위를 걸어가야 할 것이다

The one who throws water in front
may have to walk over wet ground

나이지리아 요루바 격언

자신의 행동이나 말이 다른 사람에게 영향을 미칠 수 있다는 뜻의 격언이다. '물을 앞에 던지는 사람'은 비유적으로 다른 사람에게 불쾌한 일이나 문제를 일으키는 것을 뜻하고, '젖은 땅 위를 걸어가야 할 것이다'는 것은 자신이 일으킨 문제에 직면하고 그에 대한 책임을 져야 한다는 것을 뜻한다.

우리는 자신의 말과 행동이 다른 사람에게 어떤 영향을 미치는지 신중히 고려하고, 타인을 배려하며 행동해야 한다. 자신의 행동에 대한 책임을 인식하고 자극적인 행동은 자제해야 한다. 자신의 앞에다 물을 버리면 자신의 신발만 더러워진다.

불행한 입술은
한 번도 입 맞춤 받지 못하고 늙는다

Unfortunate lips grow old
without ever being kissed

에티오피아 격언

이 격언은 사랑과 관계의 부족이 인생의 불행과 고독을 야기할 수 있다는 것을 비유적으로 나타낸다. '불행한 입술'은 따뜻한 관계의 부재를 나타내며, '입 맞춤을 받지 못하고 늙는다'는 것은 상호작용이나 교류가 부족하여 마음이 고독하고 불행해지는 것을 뜻한다.

인간의 본성 중 하나인 소통과 관계 형성은 우리의 삶에 큰 영향을 미치며, 따뜻한 인간관계는 우리를 행복하고 만족스럽게 만든다. 다른 사람들과의 상호작용과 소통을 통해 우리는 서로를 지지하고 위로하며, 공감하고 사랑할 수 있는 관계를 형성하는 것이 중요하다. 인간은 혼자서는 살 수가 없다.

무지하게
행동한다

Going forward

blindly

에티오피아에서 가장 유명한 격언

이 격언은 에티오피아 문화에서 널리 사용되며, 교훈적인 의미를 가지고 있다. 사람들이 무지한 상태에서 행동하지 않도록 경고하는 역할을 한다. 경솔하게 행동하는 것은 부적절하고 위험할 수 있으며, 지식과 이해를 바탕으로 신중하게 판단하고 행동하는 것이 중요하다는 교훈을 담고 있다.

무지한 건 죄악이 될 수 있다. 우리가 무지하게 행동하는 것은 부정적인 결과를 초래할 수 있으므로 신중하게 생각하고 판단하는 것이 중요하다. 우리는 새로운 상황에서 배우고 경험함을 통하여 성장하며, 지식을 쌓아 나가야 한다. 자신을 발전시키고 성공을 이루는 데 있어서 지식과 경험이 필수적인 요소이기 때문이다.

어둠이 밝아질 때까지
절대로 포기하지 말라

Never give up until
the darkness lightens

에티오피아 격언

에티오피아의 역사와 문화는 어려움과 도전에 직면한 많은 순간들이 있었다. 이 격언은 그런 어려움을 극복하기 위해 희망을 잃지 않고 노력하고 끈기를 갖는 중요성을 강조한다. '어둠'은 어려운 상황이나 역경을 상징하며, '밝아질 때까지'는 상황이 좋아지고 해결되어 갈 때까지를 의미한다. 어떤 어려운 상황이 있더라도 희망을 잃지 말고, 끝까지 포기하지 않고 노력해야 한다는 뜻이다.

우리는 포기하지 않고 노력한다면 어떤 어려움도 극복 가능하며, 끈기와 인내로 어려움을 이겨낼 수 있다. 그리고 마침내 어둠이 밝아지는 결과를 얻을 수 있다. 우리 모두 밝은 아침을 맞이하자.

낯선 물고기는 잡아먹는 동안
가만히 있지 않는다

Unfamiliar fish doesn't
stay still while being eaten

에티오피아 격언

이 격언은 새로운 경험이나 도전을 하게 되면 그것이 쉽지 않을 것이며, 노력이 필요하다는 것을 의미한다. '낯선 물고기'는 처음 보는, 경험하지 않은 상황을 가리키며, '잡아먹는 동안 가만히 있지 않는다'는 것은 그것을 극복하거나 해결하기 위해서는 가만히 있지 않고 노력해야 한다는 뜻이다. 우리가 새로운 일을 시도할 때 혹은 낯선 환경에서 대면할 때 어려움과 고난이 있을 수 있지만, 그것을 극복하고 성공하기 위해서는 노력과 인내가 필요하다는 것이다.

이 표현은 에티오피아 문화에서 널리 알려져 있으며, 새로운 도전이나 경험을 안전한 영역을 벗어나 자연스럽게 받아들이는 태도를 장려하는 비유적인 격언이다.

한 손은
다른 손을 씻지 않는다

One hand doesn't
wash the other hand

에티오피아 격언

여기서 '한 손'은 혼자 일할 때나 혼자서만 생각하는 상황을 나타내며, '다른 손을 씻지 않는다'는 것은 혼자서는 서로 돌보거나 서로를 돕지 않는다는 것을 의미한다. 이 격언은 혼자서는 자신을 돕거나 지원할 수 없으며, 상호의존적인 관계에서 각자가 서로를 돕고 지원해야 한다는 의미이다.

혼자서는 자신을 돕는 데 한계가 있다. 우리는 서로를 돕고 살아야 한다. 서로에게 도움을 주는 관계를 유지함으로써 더 따뜻한 세상을 만들어 나갈 수 있다. 개인의 이익뿐만 아니라 집단 또는 사회 전체의 이익을 위해서라도 협력하고 지원하는 행동이 중요하다.

이 격언은 에티오피아 문화에서 깊이 뿌리를 두고 있으며, 사회적 연대와 협력의 가치를 강조하는 중요한 원칙으로 여겨진다.

나무는 늙지만
열매는 젊다

The tree may be old,
but its fruit is young

에티오피아 격언

이 격언은 에티오피아 문화에서 많이 사용되며, 나이와 경험을 존중하면서도 계속해서 성장하고 발전할 수 있다는 희망과 가능성을 나타내는 표현이다. 나이가 들더라도 여전히 역량과 잠재력이 있다는 의미이다. 나이 든 나무와 그 열매 간의 대조를 통해 시간이 흐름에도 불구하고 삶의 희망과 잠재력을 나타낸다. 나무는 오래될수록 늙어지지만, 그 나무가 열매를 맺을 때에는 젊고 생기가 넘치는 것이다. 나이와 경험을 가진 사람들도 여전히 삶에서 새로운 역할과 기회를 가질 수 있다. 나이는 늘어나지만 그 안에 여전히 젊음과 창의력이 숨어있기 때문이다. 나이와 경험은 우리의 삶과 업적에 가치를 더하는 요소이다. 노익장을 무시하면 안 된다.

기왕 자라서
우물이 돼라

If you're going to grow up,
become a well

에티오피아 격언

이 격언은 성장과 발전에 대한 가치를 담고 있다. '기왕에 자라서'라는 표현은 노력과 시간을 투자하여 자라나는 과정에서 최선을 다하라는 뜻이고, '우물이 돼라'는 목표를 가지고, 깊이 생각하며, 유익하고 가치 있는 존재로 성장하라는 의미이다. 아프리카에서 우물은 생명의 필수적인 요소인 물을 공급한다.

우리는 성장과 발전을 통해 자기 자신을 풍요롭게 하고, 우물처럼 다른 사람들에게도 도움을 줄 수 있는 존재가 되어야 한다. 우리는 자라는 과정에서 노력하고, 지식을 쌓고, 자신의 잠재력을 개발하면 이를 통해 타인에게 도움을 주는 가치 있는 인간이 될 수 있다. 아프리카에선 물이 귀하다.

방랑자는 사막에서도
두 번째 코끼리다

A wanderer is the second elephant
even in the desert

에티오피아 격언

일종의 비유적인 격언으로, 경험이 적은 사람이나 처음 시도하는 사람이 새로운 환경이나 도전 앞에서 어려움을 겪는다는 것을 뜻한다. '방랑자'는 길을 잃거나 방황하는 사람을 의미하며, '사막에서도 두 번째 코끼리'는 극도로 불리하거나 어려운 환경에서 두 번째로 큰 동물이라는 의미이다.

사막은 건조하고 물이 부족한 환경으로, 거대한 코끼리라도 그곳에서 살아남기 어려운 곳이다. 그런 어려운 환경에서 방랑자는 더욱 어려움을 겪을 것이다. 따라서 새로운 시도나 도전에 앞서서 충분한 준비와 경험이 필요하다. 코끼리보단 사막에서는 준비가 된 낙타가 더 생존에 적합할 것이다.

꿈은 기대를 실현시키기 위한
출발점이다

The dream is the starting point to
bring expectations into reality

말리 격언

　우리에게 꿈이 없다면, 인생은 그저 그렇게 무의미하게 흘러갈 것이다. 우리가 꿈을 가지고 그것을 실현하기 위해서는 첫걸음을 내딛는 것은 중요하다. 우리는 꿈을 통해 미래에 대한 기대와 목표를 가지게 되며, 우리가 원하는 것을 현실로 이끄는 원동력이 된다. 꿈을 가지는 것은 우리의 상상력과 창의력을 발휘하는 일이다. 그러나 그 꿈을 실현시키기 위해서는 단순한 상상이 아니라, 그것을 실제로 이루기 위한 계획과 행동을 해야 한다. 행동하지 않고 그냥 꿈만 꾸다가는 더 깊은 잠에 빠질 수 있다.

강한 나무는 바람에 저항하고
흔들리지 않는다

A strong tree resists the wind and

does not sway

말리 격언

강한 사람 또는 강인한 성격을 비유적으로 나타내며, 어려움이나 시련에도 굳건하게 버티며 흔들리지 않는다는 의미의 격언이다. '강한 나무'는 강인한 사람이나 성격을 나타내며, '바람에 저항하고 흔들리지 않는다'는 것은 어려운 상황이나 시련이 와도 굳건하게 버티며 흔들리지 않는다는 뜻이다.

우리 인생에서도 어려움과 도전은 피할 수 없는 부분이다. 그러나 강한 의지를 가진 사람은 어려움에 굴하지 않고 도전에 맞서며 자신의 가치를 유지할 수 있다. 우리는 어려운 상황에서도 자신의 내면적인 힘과 안정성을 발휘하여 흔들리지 않고 도전에 맞서야 한다. 그런 내면의 힘을 가진다면 어려움을 극복하고 성장할 수 있으며, 도전에도 굳건한 자세로 대처할 수 있다. 다 함께 뿌리 깊은 강한 나무가 되도록 하자.

여러 손가락이 모여
하나의 손을 이루면 산이 움직인다

Several fingers form a single hand,
and the mountain moves

말리 격언

이 격언은 공동체의 중요성과 협력과 연대가 큰 목표를 달성하는 핵심 요소라는 의미를 담고 있다. '여러 손가락이 모여 하나의 손을 이루면'은 여러 사람이 단합하여 하나의 목표나 목적을 위해 함께 노력한다는 의미이고, '산이 움직인다'는 것은 매우 어려운 것이 실현된다는 뜻이다.

즉, 여러 사람이 단합하여 협력하고 함께 노력한다면 어떤 어려운 일도, 혼자서는 이루기 힘든 일도 이룰 수 있다는 의미를 담고 있다. 협동과 팀워크의 중요성을 강조하며, 함께 노력하고 단합하는 것의 힘의 중요성을 말한다. 아프리카의 우공이산愚公移山이다.

작은 연못이라도 물이 있다면
선생님이 될 수 있다

Even a small pond can become
a teacher if it has water

말리 격언

이 격언을 비유적으로 해석하면, 사람들도 자신이 가진 자원과 능력을 최대한 활용한다면 어떤 규모나 지위에 상관없이 가치 있는 역할을 수행할 수 있다는 것을 의미한다. 크고 강력한 사람이 되기 위해서는 단지 외부적인 권력이나 자원만 있는 것이 아니라, 내면의 능력과 자원을 찾고 발전시키는 것이 중요하다는 뜻이다.

다른 뜻으로는 교육의 중요성을 의미하며, 아프리카의 특수한 환경을 이해할 수 있는 표현이기도 하다. '작은 연못이라도 물이 있다면 선생님이 될 수 있다'는 것은, 어떠한 환경에서도 지식과 지혜를 나누고 가르칠 수 있는 역할을 수행할 수 있다는 것이다. 교육 환경이 열악한 아프리카에서도 교육은 사회 발전과 개인의 성장을 촉진하는 중요한 일이라, 작은 연못에서도 선생님의 역할을 수행할 수 있는 것이다.

발자취는
바람에 날릴 수 없다

Footprints cannot be blown
away by the wind

말리 격언

우리의 행동과 흔적은 쉽게 사라지지 않는다. 우리가 남긴 삶의 흔적과 영향력은 시간이 흐르더라도 사라지지 않으며, 누군가에게 회자될 수 있다. 올바로 살아야 하는 이유이다.

발자취는 우리가 지나온 길과 행동의 결과물을 상징한다. 우리의 행동과 선택은 영향력을 가지며, 그 결과는 사라지지 않고 우리 자신뿐만 아니라 주변 사람들과 세상에 영향을 미친다. 우리는 행동을 책임지고 흔적을 남길 때 주의해야 한다. 우리의 행동은 후속 효과를 가져올 수 있으며, 우리는 자신의 발자취를 통해 어떤 사람으로 기억될지 결정할 수 있다. 주로 정치인들은 '역사가 평가할 것이다' 라고 거리낌 없이 말한다.

자신의 일에는
자신이 먼저 필요하다

In one's own work,
one needs oneself first

말리 격언

이 격언은 우리가 자신의 일과 목표를 달성하기 위해 우선적으로 자신에게 의존해야 한다는 뜻이다. 자신의 능력과 자원을 적절히 활용하고, 내면의 힘과 자기 자신을 먼저 이해하고 존중해야 한다는 의미이다.

우리는 자신의 역량을 강화하고 자기 자신을 성장시키는 것이 중요하다. 자신을 알고 자신의 역량과 자원을 효과적으로 활용한다면 자신이 원하는 목표를 달성할 수 있다. 또한, 자신을 돌보고 발전시키는 것은 자신의 삶의 질을 향상시키는 데 도움이 된다. 자신의 필요와 가치를 인식하고, 자기 일에 최선을 다하는 것은 자기 자신을 행복하게 하는 일이다. 자신이 행복해야 남도 행복하게 해줄 수가 있는 것이다.

열매가 없는 나무는
흔들리지 않는다

A tree without fruit

does not sway

말리 격언

이 격언은 성과를 내는 것의 중요성과 그로 인한 책임감을 강조하며, 노력과 결과의 관계에 대해 생각해 보게 한다. 성과나 결과를 내지 않는 사람이나 일에는 외부의 압력이나 시련에 영향을 받지 않는다는 것을 비유적으로 나타낸다. '열매가 없는 나무'는 성과를 내지 않는 사람이나 일을 나타내며, '흔들리지 않는다'는 것은 외부의 압력이나 시련에 영향을 받지 않는다는 의미이다. 열매를 내지 않는 나무는 죽은 나무다.

성과를 내지 않는다는 것은 죽어 있다는 것이다. 죽은 자가 할 수 있는 것은 없다. 그러니 기대도 없다. 반면에 성과를 낸다는 것은 살아 있는 것이기에 외부의 자극이나 압력의 시련이 많아 흔들릴 수밖에 없다. 성과를 내는 것은 어려운 과정과 함께하는 것이지만, 살아 있다는 것은 좋은 일이다.

잘못 든 길로 가면
빨리 가는 것은 중요치 않다

Walking fast is of no importance
if you're on wrong path

모잠비크 치체와 격언

아침 일찍 부산을 가야 하는데 목포로 간다면 빨리 가는 것은 아무 의미 없다. 목적지에 제때 갈 수 없을뿐더러 고생만 하고 시간만 낭비한 것이다.

우리는 인생이나 목표를 향해 달려갈 때 옳은 방향을 선택하는 것이 중요하다. 얼마나 빠르게 나아가는지는 중요하지 않다. 올바른 방향으로 나아가는 것이 성공의 결과를 이루는 핵심이다. 잘못된 길을 선택하면 빠르게 가더라도 원하는 목표를 달성하기 어렵거나 의미가 없다. 속도와 빠름이 항상 성공과 결과를 보장하지 않는다. 우리는 목표를 이루기 위해 올바른 길을 선택하고, 다른 길로 가지 않아야 하는 것을 기억해야 한다. 버스를 잘못 타지 말도록 하자.

작은 배는
육지에 상륙하면 가라 앉는다

A small boat sinks when
it lands on land

우간다 루간다 격언

이 격언은 작은 자원이나 능력이 큰 도전에 직면할 때 실패할 가능성이 높다는 것을 비유적으로 나타낸다. '작은 배'는 제한된 자원이나 능력을 가진 사람이나 그룹을 의미하며, '육지에 상륙하면'은 큰 도전이나 어려운 과제에 직면할 때를 나타내고, '가라 앉는다'는 것은 실패하거나 망하는 것을 뜻한다.

작은 자원이나 능력을 가진 사람이나 그룹이 큰 도전에 직면할 때 실패할 가능성이 높다. 적절한 자원과 능력을 갖추지 않은 상태에서 과도한 도전을 피하는 것이 현명하다. 작은 배는 물 위에서 자신을 발휘할 수 있지만, 육지에서는 제대로 기능하지 않는 것처럼 우리도 옳은 환경과 조건에서 자신의 잠재력을 발휘할 수 있다. 과욕은 금물이다.

가난뱅이의 인사는
구걸로 오인된다

Poor man's greeting is
mistaken for begging

남 수단의 벨란다 비리 격언

이 격언은 가난한 사람이 인사를 하면 구걸로 오해받는다는 의미를 담고 있다. 가난한 사람은 그들의 절을 통해 다른 사람과 인사를 나누려고 하지만, 그 행동이 구걸로 오인되어 남들에게 비난이나 깔보임을 받을 수 있다. 불편한 현실이다.

가난한 사람이나 사회적으로 약한 이들은 자신들의 존엄성과 인격을 유지하려고 노력하지만, 그들의 행동이 오해되거나 혐오의 대상이 될 수 있다. 사회는 종종 부자나 권력 있는 사람들에게 주목하고 인정하면서 가난한 사람들을 무시하거나 비난하는 경향이 있다. 우리는 가난한 사람들이나 사회적으로 약한 이들에게도 존중과 인정을 보여주어야 하며, 그들의 인사나 행동을 오해하거나 비난하는 대신 이해와 동정의 마음으로 대해야 한다. 처음부터 부자인 사람은 없다.

겸손한 사람을 보면 좋은 가정에서
자란 사람임을 알게 된다

When you see someone who is humble,
you find that he is a person who grew up in a good family

잠비아의 로지 격언

"뉘 집 자식인지 반듯하게 컸네." 자식을 둔 부모에게 이 말은 찬사이다. 자녀에게 좋은 교육과 가정 환경을 제공한 덕분이다.

좋은 가정 환경에서 자란 사람은 겸손함이 그들의 가치관과 윤리적 가치를 형성하며, 태도와 행동에 반영된다. 우리가 어떤 사람의 행동에서 겸손함을 발견할 때 그들이 어떤 가정에서 자랐는지를 알아차릴 수 있다는 의미이다. 가정은 우리 인생에서 가장 중요한 영향력을 가지며, 건강한 가정 환경은 겸손, 존중, 자기희생 등의 가치를 심어준다. 좋은 가정 환경에서 받은 사랑과 관심, 교육, 가르침의 결과이다. 자녀의 인성 교육은 가정 교육에서부터 시작돼야 한다.

유용한 말 또는 행동할 게 없으면
너의 칼을 칼집에 집어넣어라

If you have nothing useful to say or do,
put your sword back in its scabbard

카메룬 베티 격언

이 격언은 말과 행동은 상황에 적절하게 사용되어야 하며, 무분별하게 사용되면 오히려 해를 끼칠 수 있다는 의미이다. '칼'은 비유적으로 말이나 행동을 나타내며, '칼집에 집어넣어라'는 것은 말이나 행동을 삼가고 조심하라는 뜻이다.

우리는 상황에 따라 적절한 말과 행동을 사용해야 한다. 말이나 행동이 필요하지 않은 상황에서 무분별하게 사용하면 문제를 일으킬 수 있으며, 그럴 때는 조용하게 기다리거나 자제하는 것이 좋다. 상황에 따라 적절한 말과 행동을 선택하고 사용하는 것이 중요하며, 필요 없는 경우에는 말과 행동을 삼가고 조심하는 것이 현명하다. 누군가에게 말과 행동을 함부로 하면 칼을 맞을 수도 있다.

형제지간은 혀 바닥에서 나는 피와 같아서
일부는 삼키고 일부는 뱉어 버린다

Brotherhood is like blood from a bleeding tongue,
some is swallowed up, some is spat out

카메룬 베티 격언

이 격언은 가족 간의 갈등의 해결이 어렵고 복잡하다는 것을 비유적으로 나타낸다. '형제지간'은 가족 구성원 사이의 관계를 의미하며, '혀 바닥에서 나는 피와 같아서'는 갈등과 분쟁이 심하고 어려움이 많다는 의미이다. '일부는 삼키고 일부는 뱉어 버린다'는 것은 갈등의 해결이나 대응이 혼란스럽고 복잡하여 일부는 받아들이고 수용하고, 일부는 거부하거나 끊어내는 것을 뜻한다.

가족 간의 갈등은 매우 민감하고 심각한 문제일 수 있지만, 때로는 갈등의 원인을 해결하기 위해 서로를 이해하고 용서하며 조화를 이루는 것이 중요하다. 그러나 모든 갈등이 해결되기 어려운 경우도 있고, 이를 수용할 수 없는 상황도 발생할 수 있다. 따라서 갈등의 원인과 상황에 따라 적절한 대응이 필요하며, 일부는 받아들이고 수용하고, 일부는 거부하거나 끊어내는 것이 현명한 선택일 수 있다.

PART 3

지혜를 담은
아프리카 격언

지혜는
재산이다

Wisdom is
wealth

아프리카 격언

이 격언은 지혜가 물질적인 재산만큼이나, 혹은 그보다 더 큰 가치를 지닌다는 의미를 뜻이다. 지혜는 단순한 지식이나 정보의 집합체가 아니라, 경험과 학습을 통해 축적된 통찰력과 판단력을 의미한다. 이는 다양한 상황에서 적절하게 적용될 수 있는 능력을 포함하며, 실질적인 문제 해결 능력과 직결된다.

물질적인 재산은 경제 상황이나 외부 요인에 따라 변동될 수 있지만, 지혜는 일단 습득하면 쉽게 사라지지 않는다. 나이가 들수록 축적된 경험과 통찰력은 더욱 깊어진다. 현대 사회에서는 지혜가 더욱 중요해지고 있다. 지혜는 리더십의 중요한 요소로, 현명한 리더는 조직을 올바른 방향으로 이끌고 구성원들의 잠재력을 최대한으로 이끌어낸다. 지혜는 창의적이고 혁신적인 아이디어를 발전시키는 데 중요한 역할을 하며, 이는 경쟁이 치열한 현대 사회에서 큰 강점이 된다.

우매한 자는 떠들어대지만
현명한 자는 조용히 듣는다

The fool speaks,
the wise man listens

에티오피아 격언

우매한 사람들은 자신의 아이디어나 의견을 주변에 떠들어대며 널리 알리려고 한다. 그러나 그들의 말을 들어보면 지식이나 통찰력에 기반하지 않고, 현명하지 않은 생각으로 이루어져 있는 경우가 많이 있다. 이러한 사람들은 자신의 말에 과대한 가치를 두며 많은 소리를 내지만, 그것이 현명한 행동으로 이어지지 않을 수 있다.

반면, 현명한 사람들은 조용히 듣고 배우려고 한다. 그들은 자신의 의견을 공개하지 않고, 대신에 주변의 의견을 듣고 분석한다. 현명한 사람들은 자신의 말보다는 다른 이들의 말을 듣는 것을 중시하며, 그것을 통해 새로운 정보를 습득하고, 더 나은 결정을 내린다. 자신이 하고 싶은 쓸데없는 말은 좀 줄이고 살도록 하자.

지혜는 하룻밤 사이에
나오는 것이 아니다

Wisdom does not
come out overnight

소말리 격언

이 격언은 지혜가 단기적이거나 즉각적으로 얻을 수 있는 것이 아니라, 시간과 노력이 필요한 것을 뜻한다. 지혜를 추구하는 과정은 지속적이고 영구적인 것이며, 그 과정에서 인내와 노력이 중요한 역할을 한다.

지혜는 길고 지속적인 과정을 거쳐야 얻을 수 있는 것이다. 단순히 한 번의 경험이나 단기간의 학습으로 얻을 수 없으며, 수많은 경험과 학습, 그리고 성찰과 깊이 있는 생각을 통해 점진적으로 형성되어 간다. 이는 단기적인 노력으로는 얻을 수 없는 것이다. 지혜는 일상생활에서의 경험과 실패, 그리고 이를 통한 배움과 성장을 통해 형성되며, 이는 시간이 지나면서 축적되어 깊고 풍부한 지식과 통찰력으로 이어진다.

지혜는 불과 같아서
다른 이들에게서 얻어올 수 있다

Wisdom is like fire,
so you can get it from others

콩고 헴마 격언

아프리카의 오지에 가면 아직도 장작에 붙은 불을 서로 빌려 요리를 사용하거나 밤에 난방에 사용하는 경우가 많이 있다. 이 격언은 지혜의 본질을 비유적으로 설명한 것이다. 지혜는 불과 유사한 특성을 가지고 있다.

불은 밝고 따뜻하며, 주위를 비추고 온기를 전달하는 것으로 알려져 있다. 비슷하게, 지혜는 밝고 깨달음에 가득하며, 주변을 밝게 비추고 인간을 지적으로 이끄는 역할을 한다. 우리는 다른 이들로부터 지혜를 얻을 수 있다. 새로운 아이디어를 배우고, 새로운 관점을 이해할 수 있다. 우리는 서로의 지식과 경험을 공유하고 학습함으로써 지혜의 보화를 더욱 풍부하게 할 수 있다. 지혜는 우리의 삶을 편안하게 해준다.

현명한 자만이
어려운 문제를 해결할 수 있다

Only a wise person can solve
a difficult problem

가나 아칸 격언

이 격언은 어려운 문제에 대한 해결에는 현명한 사람에 의존해야 한다는 것을 뜻한다. 현명함은 어려운 문제를 해결하는 데 중요하며, 현명한 사람들에게는 미묘한 문제라도 해결할 능력이 있다는 의미이다.

어려운 문제는 종종 다양한 측면과 복잡성을 가지고 있다. 이러한 문제를 해결하기 위해서는 뛰어난 판단력과 통찰력이 필요하다. 현명한 사람은 문제를 분석하고 이해하는 데 있어서 뛰어난 능력을 갖추고 있다. 그들은 문제의 본질을 파악하고, 다양한 관점에서 접근하여 전략적으로 해결책을 찾아낸다. 한 명의 인재가 백 명의 수재를 먹여 살린다.

지혜 없는 지식은
모래 속의 물과 같다

Knowledge without wisdom
is like water in the sand

기니 격언

이 격언은 지식이 지혜와 결합되지 않으면 그 가치가 없다는 것을 뜻한다. 지식은 단순히 정보나 사실을 알고 있는 것을 의미한다. 지혜는 지식을 깊이 이해하고, 상황에 맞게 적용할 수 있는 능력을 말한다. 지식을 가질 때에도 그것을 통해 지혜를 형성하고 발전시켜야만 그 가치가 최대화될 수 있는 것이다.

따라서 지식이 지혜와 결합되지 않으면, 마치 모래 속의 물과 같이 물은 빠르게 흡수되고 사라지기 때문에, 그 어떤 가치도 지니지 못한다. 반대로 지식만 가지고 있더라도 그것을 이해하고 적용할 수 있는 지혜가 없다면 그 가치는 제한된다.

위기에 처하였을 때 현명한 자는 다리를 놓고 어리석은 자는 댐을 건설한다

In times of crisis, the wise build a bridge
and the foolish build a dam

나이지리아 격언

이 격언은 위기 상황에서 현명한 대응과 어리석은 행동의 대비를 비유적으로 나타낸다. 강을 건너야만 하는 위기 상황에서 현명한 사람은 문제를 해결하고 극복하기 위해 신중하고 효율적인 대책을 마련한다.

다리는 위험한 강을 안전하게 건너기 위한 도구로 사용된다. 현명한 사람은 위기를 극복하기 위해 필요한 지원을 제공하고, 안전한 길을 제공하여 상황을 극복하려고 한다. 그러나 어리석은 사람은 위기를 해결하기 위해 강의 흐름을 막아 댐을 건설하는 것과 같다. 이는 오히려 문제를 더욱 악화시키고, 상황을 더욱 어렵게 만들 수 있다. 과유불급過猶不及의 상황이다.

자만심으로 가득하면
지혜가 들어설 자리가 없다

There is no place for wisdom
when you are full of hubris

아프리카 전역의 격언

자만심은 자신의 능력이나 지위에 대한 과도한 자신감이며, 종종 현실을 왜곡하고 오만하게 만든다. 이러한 상태에서는 겸손함이나 자기 성찰의 자리가 없기 때문에, 새로운 지식이나 지혜가 들어설 공간이 없어진다. 이 격언은 자만심을 버리고 겸손하고 열린 마음을 갖게 되면, 지혜가 더 쉽게 들어설 수 있다는 것을 뜻한다.

지혜는 겸손한 마음가짐과 열린 태도를 필요로 하다. 자만심은 이러한 조건을 방해하고, 사람들이 새로운 아이디어나 관점을 받아들이지 않게 만든다. 겸손함은 지혜의 기반이 되며, 새로운 아이디어를 받아들이고 성장할 수 있는 자리를 만들어준다. 자만하다 큰코다치는 것이다.

현명한 사람은 어떠한 경우에라도
헤어날 길을 찾는다

A wise man finds his way
through no matter what

탄자니아 격언

이 격언은 현명함을 가진 사람은 어떠한 어려움이나 위기 상황에 처해도 결국 문제를 해결하고 극복할 수 있는 능력을 갖추고 있다는 것을 의미한다.

현명한 사람은 자신의 지혜와 능력을 바탕으로 어떠한 상황에서도 견고한 해결책을 찾아내며, 어려움을 극복할 수 있는 능력을 지니고 있다. 그들은 문제를 다양한 각도에서 바라보고 분석하여 최적의 해결 방법을 모색하며, 상황에 따라 적절한 조치를 취하여 위기를 극복한다. 이는 그들이 항상 낙관적으로 도전하고, 실패를 두려워하지 않으며, 항상 헤어날 길을 찾을 자신감을 가지고 있다. 따라서 우리는 반드시 길을 찾을 것이다.

누구도 처음부터
현명하게 태어난 사람은 없다

No one is born wise

from the beginning

아프리카 전역의 격언

어떤 사람도 태어났을 때 이미 모든 지식과 지혜를 갖추고 있지 않다. 지혜는 삶을 통해 쌓여가는 것이다. 사람들은 경험을 통해 배우고, 실패와 성공을 통해 성장하며, 그 과정에서 지혜를 얻어 간다. 지혜는 시간과 노력이 필요한 결과물이며, 누구나 그것을 얻기 위해 계속해서 노력해야 한다. 우리는 각자의 삶에서 경험하는 다양한 상황들을 통해 자신의 잠재력을 발견하고 개발해 나가야 한다. 이는 지식을 쌓고 경험을 통해 배움으로써 이루어지며, 그 과정에서 우리는 현명함과 지혜를 키울 수 있다. 이 격언은 지혜나 현명함은 선천적으로 갖춰진 것이 아니라, 경험과 배움을 통해 얻어지는 것을 뜻한다. 참고로 석가모니는 태어났을 때 천상천하유아독존天上天下唯我獨尊이라고 말했다고 한다. 그는 예외이다.

지혜는 금전과 같지 않아서
어떤 것에 매이지 않고 숨기지 않는다

Wisdom is not like money,

so you are not bound by something and you are not hiding it

가나 아칸 격언

지혜가 재산이나 외적인 것과는 다르다. 금전은 보통 외부적인 성취나 자본을 의미하는데, 많은 사람들이 가치를 두고 소유하려고 한다. 하지만 금전과는 달리, 지혜는 어떤 것에도 매이지 않는다. 이는 지혜가 외부적인 것에 의존하지 않고 내면에서 발견되고 발전한다는 것을 뜻한다.

또한, 지혜는 숨기지 않는다. 지혜로운 사람은 자신의 지식과 경험을 다른 사람들과 나누고 공유하여 함께 성장하려고 한다. 지혜는 자기중심적이거나 이기적이지 않으며, 다른 이들과 협력하고 배우는 것을 중요시 하는 특성이 있다. 돈보단 지혜를 자랑하고 싶다.

배움은 영혼의 자리를
넓혀준다

Learning broadens
the soul's place

나미비아 격언

소크라테스, 플라톤, 아리스토텔레스, 니체 등. 이들은 우리가 익히 알고 있는 위대한 철학자들이다. 이들은 가르침은 아직도 우리의 영혼에 울림을 준다. 지식과 경험을 습득하고 배우는 것은 인간의 영혼을 풍부하게 만들어 주며, 인생을 보다 깊이 있고, 폭넓게 만들어 준다.

배움은 우리를 더 넓은 세계와 사고의 방식으로 안내하며, 새로운 경험을 통해 우리 자신의 능력을 향상시키고 성장할 수 있게 해준다. 배움은 깊은 사고를 가능케 하며, 그 속에서 생각을 더욱 풍성하게 만들며, 우리가 가지고 있는 잠재력을 최대한으로 발휘할 수 있게 해준다. 따라서 우리가 평생 동안 지식과 경험을 습득하고 배워 나가며, 우리 자신과 다른 사람들을 위해 더 큰 기여를 할 수 있는 방법을 찾는 것은 중요한 일이다.

길을 잃는 것은
그 길을 배우는 것이다

To get lost is
to learn the way

아프리카 격언

이 격언은 실패나 어려움을 겪을 때도 그것을 통해 새로운 경험과 지혜를 얻을 수 있다는 것을 뜻한다. 우리는 삶 속에서 종종 실패하거나 어려움에 부딪히게 된다. 때로는 우리가 선택한 길이나 행동이 올바르지 않은 것으로 나타날 때도 있다. 그러나 이러한 실패와 어려움을 경험함으로써 우리는 더 나은 방향을 찾거나 새로운 것을 배울 수 있다.

길을 잃는 것은 우리에게 새로운 시각을 제공하고, 우리의 생각과 행동을 재평가하게 만든다. 우리는 실패와 어려움을 극복하기 위해 새로운 접근 방식을 시도하고, 우리 자신의 한계를 뛰어넘는 방법을 발견하게 되는 것이다. 우리는 길에서 길을 만나야 한다.

223

아이가 기어오르면서
일어설 수 있음을 익힌다

Learn that a child can
stand up by crawling

아프리카 격언

처음에는 바둥거리다가, 뒤집고, 기어다니고, 드디어 잡고 일어선다. 갓난아이의 발전 과정이다. 이 격언은 어떤 일을 성취하려면 갓난아이와 같이, 그 일에 대한 필요한 기술이나 능력을 점진적으로 습득하며, 과정을 밟아 발전해 나가야 한다는 것을 의미한다.

아이가 기어오르면서 일어서는 것처럼, 우리는 큰 목표를 달성하기 위해 도전해야 한다. 일어서는 것은 노력의 결과이다. 성공을 위해서는 끊임없는 노력과 시행착오가 필요하며, 이러한 과정을 통해 점차적으로 발전하게 된다. 우리가 어려운 상황이나 장애물을 극복하고 성장하기 위해 도전하는 것이 중요하고, 성공을 이루기 위해서는 자신에 대한 믿음과 끈기가 필요하다. 우리도 한때는 갓난아이 시절이 있었다.

배우는 사람이
선생님이 된다

The learner becomes
the teacher

에티오피아 격언

선생님은 자신의 경험과 지식을 통해 학생들을 가르치고, 학생들은 자라나 다시 새로운 학생들을 지도한다. 이 격언은 지식과 경험을 습득하며 성장하는 과정에서 사람들이 선생님의 역할을 수행할 수 있다는 뜻이다.

삶은 지속적인 학습과 발전의 과정이며, 우리는 경험을 통해 지식을 얻고 새로운 기술을 습득한다. 이를 통해 우리는 자신의 인생 경험과 지식을 쌓아나가며 더 나은 사람으로 성장한다. 우리는 우리가 배운 것을 다른 이들과 공유하고 가르침으로써 서로의 성장과 발전을 도울 수 있다. 이는 다른 이들에게 영감과 실질적 도움을 줄 수 있는 것이다.

재력을 잘못쓰면 빈곤이 오고,
배움을 잘 쓰면 풍족함이 온다

If you spend money incorrectly,
poverty will come, and if you spend well, you will be rich

수와힐리 격언

부는 한정된 양이기 때문에 돈이나 재산은 잘못 사용하면 빈곤해
진다. 하지만 지식은 쓰면 쓸수록 무한하게 증식한다. 지식은 자꾸
사용함으로써 더욱 풍부해지고 발전할 수 있다. 지식에는 끝이 없는
것이다. 우리는 이런 지식을 활용하고 사용함으로써 지식의 가치를
높이고, 자신의 삶과 사회에 기여할 수 있다. 따라서 우리는 돈과 지
식을 올바르게 사용하여 우리의 삶과 사회에 긍정적인 영향을 끼치
는 방법을 찾아야 한다.

원숭이는 자주 시도함으로써
나무에서 뛰어내릴 수 있다

Monkeys can jump out of trees by
making frequent attempts

부간다 격언

이 격언은 끊임없는 노력과 시행착오를 통해 어려운 일도 이룰 수 있다는 의미를 담고 있다.

원숭이는 나무에서 뛰어내릴 수 있는 능력을 가지고 있지 않다. 나무에서 뛰어내리는 것은 원숭이에게는 쉬운 일이 아니지만, 자주 시도하고 반복하는 노력을 통해 가능해질 수 있다. 따라서 어떤 일이든지 처음부터 성공하기는 어렵고, 때로는 시행착오와 실패를 겪을 수 있지만, 우리는 그런 상황에서도 포기하지 않고 끊임없이 노력하며 자신의 능력을 개발하고 향상시켜야 한다. 우리는 원숭이가 아닌 만물의 영장 인간이다.

227

승리할 때보다
패배할 때 더 많이 배운다

You always learn a lot more
when you lose than when you win

아프리카 격언

이 격언은 실패와 어려움을 통해 더 많은 교훈을 얻을 수 있다는 것을 뜻한다.

일반적으로 우리는 성공과 승리를 향해 노력하고, 성공할 때 자신의 능력과 노력에 대한 보상을 받는다. 하지만 패배나 실패는 우리에게 상처와 좌절감을 줄 수 있지만, 그런 경험을 통해 우리는 더 많은 것을 배울 수 있다. 패배나 실패는 우리에게 자신의 약점을 발견하고, 더 나은 방향으로 나아가기 위한 기회를 제공한다. 우리는 실패를 통해 자신의 결함을 인식하고, 그것을 개선하고 발전시킬 수 있다. 또한, 패배는 겸손을 가르쳐 준다. 승리에 너무 집착하면 오만해지고 교만해질 수 있다. 이러한 경험은 우리에게 더 큰 성공을 이룰 수 있는 힘을 준다. 실패는 성공의 어머니다.

나무를 베면서
나무를 베는 법을 배운다

You learn how to cut down
trees by cutting them down

바테케 격언

책이나 이론만으로는 실제로 나무를 베는 법을 완전히 이해할 수 없다. 직접 행동하고 경험하면서 나무를 베면 그 과정에서 얻는 지식과 기술이 더욱 효과적이다. 따라서 실전에서 얻은 경험은 이론보다 더욱 실용적이고 신뢰할 만하다. 경험을 통해 얻은 지식은 실제로 효과가 있는지를 확인할 수 있고, 그 결과에 따라 수정하고 발전시킬 수 있다. 그러므로 우리가 어떤 기술이나 능력을 배우고자 할 때, 이론만 공부하는 것이 아니라 실제로 행동하고 경험을 쌓는 것이 중요하다. 실패와 오류를 겪으면서도 그 경험을 통해 더 나은 방법을 찾고 발전할 수 있기 때문이다. 이론보단 실전이다.

현명한 자가 우매한 자를
가리키기 위하여 격언을 만든다

The wise make aphorisms
that fools can learn

아프리카 격언

아프리카에서 부족의 추장들이 오래전부터 행하던 일들이다. 아프리카 추장들은 자신의 부족들을 위해 구술口述로 격언을 많이 만들어 왔다. 이 격언은 먼저, 현명한 사람이 우매한 사람을 이해하고 그들에게 도움을 주려고 노력한다는 것을 나타낸다. 현명한 사람은 우매한 사람을 비판하는 것이 아니라, 지혜롭게 행동하고 생각하는 방법을 알려준다. 격언은 현명한 사람이 우매한 사람에게 전달하는 지혜와 교훈을 담고 있으며, 이를 통해 우매한 사람도 더 나은 선택을 할 수 있도록 돕는다.

남에게 불행을 주면
그에게 지혜를 가리켜 준다

One who causes others misfortune
also teaches them wisdom

아프리카 격언

　이 격언은 다른 사람에게 해를 끼치거나 그들을 상처 주는 행동은 그들에게는 경험을 통해 지혜를 얻게 해준다는 의미를 담고 있다.

　어떤 상황에서든 우리의 행동은 그에 대한 결과를 가진다. 우리가 다른 사람을 상처 주거나 그들에게 불행을 준다면, 그들은 아프지만 이를 통해 삶의 깊은 이면을 경험하고 배운다. 이러한 경험은 그들에게 새로운 관점을 제공한다. 또한 우리가 다른 사람에게 불행을 주는 행동은 때로는 우리 자신에게 돌아오는 결과를 초래하기도 한다. 그럼 우리 자신도 이를 통해 삶의 깊은 이면을 경험하고 배운다. 우리 자신에게 자기성찰의 기회를 제공하는 것이다. 서로의 삶의 경험은 뫼비우스 띠와 같다.

231

늙은 고릴라에게는
숲속 길을 알려주지 않는다

You do not teach the paths
of the forest to an old gorilla

콩고 격언

이 격언은 나이가 많은 사람들이 이미 경험과 지식이 풍부하다는 것을 나타내며, 그들이 이미 알고 있거나 경험했기 때문에 더 이상 배울 필요가 없다는 것을 의미한다.

'늙은 고릴라'는 숲속에서 오랜 시간을 살아온 경험 많은 고릴라다. 이 고릴라는 숲속의 길과 비밀을 잘 알고 있으며, 그 경험을 통해 많은 것을 배웠다. 따라서 어떤 것을 가르치려 해도 이미 배워 놓은 사람에게는 쓸모가 없다는 뜻이다. 즉, 공자 앞에서 문자 쓰지 마라. 불필요한 짓거리는 하지 말라는 뜻이다.

배운 것은
가지고 죽는다

What you learn,
you die with it

아프리카 격언

사람들은 어려서부터 배운 것을 모두 머릿속에 입력하여 둔다. 아무도 그 배운 것을 빼서 갈 수 없는 것이다. 새로 태어난 아이는 배움을 되풀이하여 머릿속에 저장하여 두었다 죽을 때 모두 거두어 간다. 우리가 삶을 살면서 배우게 되는 것들이 우리가 죽을 때까지 갖게 되는 것이다.

우리가 배운 것들은 우리의 정신 속에 존재하며, 죽을 때까지 우리와 함께하기 때문에 끝나지 않는 보물이라고 말할 수 있다. 우리가 배운 지식과 경험은 우리의 유산이 될 수 있다. 우리가 세상에 남기는 것 중 가장 중요한 것은 우리가 쌓은 지식과 경험이며, 그것을 우리 후손들에게 전달할 수 있다. 우리가 배운 것은 가지고 죽어도, 산 것이다. 영생을 하는 것이다.

젊은이에게 알려주는 것은
비문에 기록하는 것이나 같다

Instruction in youth

is like engraving in stone

모로코 격언

'비문에 기록하는 것'은 과거의 지혜와 가르침을 나타낸다. 비문은 고대의 지식과 문화를 기록하고 전달하는 매체로 사용되었다. 따라서 이는 오랜 시간 동안 축적된 지식과 가르침을 의미한다.

그러나 '젊은이에게 알려주는 것'이 비문에 기록하는 것과 같다는 것은, 젊은 사람들에게 지식이나 가르침을 전달할 때 그들이 그 가치를 온전히 이해하고 수용하기 전에는 올바르게 전달되지 않는다는 것을 의미한다. 따라서, 어떤 지식이나 가르침을 전달할 때는 그것을 받는 이의 이해 수준을 고려해야 하며, 지혜와 경험은 오랜 시간 동안 축적되며 이를 이해하는 것에는 시간이 필요하다는 뜻이다. 눈높이가 중요하다.

아버지가 걸어간 길을 따라가면
아버지처럼 걷는 것을 배운다

If you follow the path your father walked,
you will learn to walk like him

아샨티 격언

이 격언은 부모의 행동이 자녀들에게 미치는 영향력을 강조하며, 부모가 제시하는 모범과 가치를 본받아 성장하고 발전하는 것을 의미한다. '아버지가 걸어간 길을 따라가면'이라는 표현은 부모가 삶에서 선택한 길이나 행동을 따르는 것을 뜻한다.

부모의 행동은 그들의 가치관이나 경험에 근거하여 결정되며, 이는 자식에게 영향을 준다. 자식이 부모의 행동을 모방하고 본받아 그와 유사한 특징이나 습관을 갖게 된다. 부모의 행동은 자녀들에게 영향력이 크며, 그들이 행하는 방식대로 자식들이 행동하는 경우가 많다. 따라서 부모는 올바른 행동과 가치를 보여야 한다. 부모는 자녀의 거울이다.

여행은
배움이다

Traveling is

learning

아프리카 격언

아프리카 전역에 있는 격언이다. 전반적으로 여행이 새로운 지식
과 경험을 얻을 수 있는 좋은 방법이라는 것으로 알려져 있다.

여행은 우리에게 새로운 지식과 경험을 제공하고, 우리를 도전하고
성장시켜준다. 여행은 우리의 삶을 풍요롭게 만들며, 학습과 성장의
여정이며, 새로운 장소를 방문하고 새로운 문화, 사람들, 경험을 만
나는 과정이다. 이 과정에서 우리는 새로운 사람들을 만나고, 새로
운 지식을 습득하고, 새로운 시각을 얻게 된다. 서로 다른 문화와 생
활 방식의 경험은 우리의 시야를 넓혀주고, 새로운 관점을 제공하여
세계를 더 풍부하게 이해할 수 있게 해준다. 우리를 세계인으로 만
든다. 기회만 된다면 여행은 많이 다닐수록 좋다.

전문가가 있는 곳에는
배우고자 하는 이들이 끊이지 않는다

Where there are experts there
will be no lack of learners

수아힐리 격언

우리나라 사교육 시장을 살펴보면 실력 있는 선생들에게는 배우고자 하는 학생들이 끊이지 않는다. 실력 있는 선생들에게 배우려면 학생들 간 경쟁을 해야 한다. 경쟁률이 매우 높다. 배우려는 학생들이 넘쳐난다.

이 격언은 실력 있는 전문가들이 있으면 학습자들도 부족하지 않다는 것을 나타낸다. 특히 교육 환경이 열악한 아프리카에서는 실력 있는 전문가들의 경험과 지식을 배우고 싶어 하는 학습자들이 많다. 이들은 자신의 지식을 전파하며 새로운 자신의 제자 그룹의 전문가들을 양성하게 된다. 이 과정을 통해 전문가들과 학습자들 간의 선순환 및 상호작용을 통한 지식 전달이 이루어진다.

지혜로운 사람에게 말하면 그가 이해하고,
어리석은 사람에게 말하면 그는 도망간다

If you speak to a wise man, he understands,
if you speak to a stupid man, he runs away

아프리카 격언

이 격언은 우리에게 소통의 중요성과 사람들의 이해 수준과 수용 능력에 따라 통찰력과 이해력의 차이가 있다는 의미를 담고 있다.

지혜롭고 배움에 열려있는 사람은 새로운 정보나 생각을 받아들이고, 그것을 자신의 지식과 경험에 통합시키려고 노력을 한다. 하지만 어리석은 사람은 새로운 아이디어를 피하거나 거부하는 경향이 있을 것이다. 따라서 말하는 사람은 듣는 사람의 수준과 태도를 고려하여 적절한 방식으로 정보를 전달해야 한다. 지혜로운 사람에게는 깊은 토론과 지식 공유의 기회를 제공하고, 어리석은 사람에게는 이해하기 쉬운 간단한 설명을 제공해야 하는 것이다. 지혜로운 사람과 어리석은 사람 모두와 상호작용할 때, 이러한 원칙을 염두에 두는 것이 중요하다.

한 사람의 지식은 결코 완전하지 않으며, 두 사람의 머리가 한 개보다 낫다

Knowledge is never complete:
two heads are better than one

아프리카 격언

이 격언은 개인의 지식은 완전하지 않으며 협력과 공유를 통해 더 나은 결과를 얻을 수 있다는 뜻을 나타낸다.

지식은 끊임없이 발전하고 진화한다. 이 지식은 여러 사람이 서로 아이디어를 교환하고 공유함으로써 더 풍부하고 종합적인 지식을 형성할 수 있다. 여러 사람이 서로 다른 아이디어와 관점을 제시하면 문제를 다양한 각도에서 바라볼 수 있으며, 그로 인해 더 창의적인 해결책을 도출할 수 있다. 다른 사람들과 지식을 나누고 협력하는 것은 개인의 한계를 넘어선 지식과 성과를 얻을 수 있는 방법이다. 따라서 우리는 다른 사람들과의 협력을 통해 서로의 아이디어와 지식을 나누고 통합함으로써 지식의 풍부함을 더욱 확장시킬 수 있다. 종잇장도 마주 잡으면 낫다.

하나를 모르는 자는
다른 것을 안다

He who does not know
one thing knows another

아프리카 격언

이 격언은 우리가 겸손하게 서로를 존중하고 배움의 기회를 놓치지 않아야 함을 의미한다.

우리는 하나를 모르는 사람이라고 무시하거나 경멸하지 말고, 서로를 배우고 이해하는 자세로 접근해야 한다. 사람이 한 가지를 모르다고 해서 모두 모르는 것은 아니며 쓸모없는 사람이 아니다. 그는 다른 것을 알고 있을 수 있다. 우리가 어떤 분야에서 부족하거나 모르는 것이 있더라도, 다른 분야에서는 지식과 경험을 가지고 있는 경우가 있다. 그러므로 우리는 서로를 존중하고 상호학습하며, 다른 사람들의 지식과 경험을 소중히 여겨야 한다. 실력 있는 전문가는 한 우물만 판다.

반복이
지식의 어머니다

Repetition is the mother
of knowledge

아프리카 격언

이 격언은 학습과 숙달의 과정에서 반복의 중요성을 강조한다.

반복은 학습의 핵심 요소이다. 어떤 것을 반복해서 학습하면, 처음에는 어렵고 낯설게 느껴졌던 것들이 점차 익숙해지고 자연스러워진다. 반복은 우리의 뇌에 그 정보를 확고하게 심어주는 역할을 한다. 반복은 실수를 줄이고, 기술을 더 정교하게 만드는 데 중요한 역할을 한다. 또한 반복은 자신감을 키워준다. 어떤 것을 충분히 반복해서 연습하면, 우리는 그것을 더 잘 이해하고, 자신감 있게 수행할 수 있다. 이는 우리가 새로운 도전에 맞설 때 필요한 자신감을 길러준다. 우리는 반복을 통해 배움의 과정을 강화하고, 지속적으로 발전하고 나아갈 수 있다. 반복은 우리의 성공과 성장을 위한 강력한 도구이다.

지식의 부족함이
밤의 어둠보다 더 어둡다

Lack of knowledge is

darker than night

아프리카 격언

이 격언은 지식과 인식에 대한 통찰을 담고 있으며, 우리가 알지 못하는 것들에 대한 무지는 어둠과 같은 불확실한 상태를 의미한다.

어둠은 시야를 가리고 방향을 잃게 만든다. 마찬가지로 지식의 부족은 우리의 사고와 이해를 제한하고, 정확한 판단과 선택을 어렵게 만든다. 지식은 개인과 사회의 진보와 발전을 이루는 핵심 요소 중 하나다. 우리가 지식을 갖는 것은 자기 계발과 성장을 위한 필수적인 도구이며, 우리를 더 나은 결정을 내리고 더 밝은 길을 찾게 만든다. 우리는 지식을 얻기 위해 꾸준히 배우고 성장하는 노력을 기울여야 한다.

장로들의 세계는 모든 문을 잠그지 않고, 오른쪽 문을 열어 둔다

The world of elders does not lock all the doors,
leaving the right one open

짐바브웨 격언

이 격언은 경험이 많고 지혜로운 사람들은 다양성과 개방성을 중시하며, 새로운 가능성과 기회를 열어둔다는 의미이다. 문을 잠그는 것은 제한적이고 폐쇄적인 태도이지만 '오른쪽 문을 열어 둔다'는 것은 선택의 폭을 넓히고, 새로운 아이디어나 관점을 받아들이며, 새로운 길을 열어둔다는 의미이다. 이는 개방적이고 융통성 있는 사고를 통해 세계를 바라보고, 새로운 가능성을 탐구한다는 뜻이다. 따라서 우리는 이처럼 새로운 기회를 놓치지 않고 긍정적인 마음가짐으로 미래를 대비하며, 세상을 탐험하고 발전시켜 나가야 한다. 개방적이고 융통성 있는 사고는 리더의 덕목이다.

어린 새는 늙은 새의 소리를
들을 때까지 울지 않는다

The young bird does not
crow until it hears the old ones

쓰와나 격언

젊거나 경험이 부족한 사람이 더 나은 판단과 행동을 하기 위해서는 먼저 경험이 많은 사람의 조언을 들어야 한다는 의미를 담고 있다. 이 격언은 경험과 지혜의 중요성을 강조하는 표현이다.

늙은 새는 자신의 주변이 위험하면 울지 않는다. 자신의 위치를 알려주지 않는 것이다. 어린 새는 늙은 새의 지혜를 배우는 것이다. 이처럼 젊은 사람은 경험 많은 연장자의 지혜를 배워야 한다. 연장자의 지혜를 존중하고 배우고 성장하며, 현명한 선택을 할 수 있는 능력을 길러야 한다.

참고로 Tswana는 아프리카 대륙 남부의 나라인 보츠와나Botswana에서 사용되는 언어다. Tswana 언어는 보츠와나에서 가장 많이 사용되는 언어 중 하나이며, 남아프리카 지역에서도 널리 사용된다.

위대한 사람들을 존경하는 사람은
스스로 위대해지기 위한 길을 열어놓는다

People who admire great people

pave the way for their own greatness

아프리카 격언

이 격언은 위대한 사람들을 존경하고 배우는 태도가 자신의 성장과 위대함을 이루는 길을 열어준다는 것을 의미한다.

위대한 사람들을 존경하는 것은 우리에게 롤 모델을 제공해준다. 존경하는 사람들의 행동, 사고방식, 업적 등을 통해 우리는 그들이 어떻게 성공했는지를 배우고, 이를 자신의 삶에 적용할 수 있다. 이는 우리가 더 나은 사람이 되고, 자신의 목표를 향해 나아가는 데 큰 도움이 된다. 따라서 위대한 사람들에게 존경과 존중을 표하며, 그들의 가르침과 행동에서 영감을 얻고 배운다면, 그들의 경험을 통해 스스로 성장하고 위대해질 수 있는 것이다.

PART 4

처세를 담은
아프리카 격언

인내심이 없으면
술을 만들 수 없다

You can't make alcohol
without patience

오밤보 격언

　이 격언은 맥주 양조에서는 시간과 인내심이 필요하기 때문에, 맥주 양조에 대한 지식과 경험을 가진 사람들이 자신들의 노하우를 전수하며 말했던 것으로 전해지고 있다. 일반적으로 어떤 일을 성취하려면 인내심과 꾸준한 노력이 필요하다는 것을 의미이다.

　밥을 하여 누룩을 넣어 술을 담그면 곧바로 술이 되지 않고 일주일 정도 되어야 발효하여 먹을 수 있다. 만사 적정 기간이 있으니 인내심 갖고 그때를 기다려야 한다. 르완다와 부룬디 사람들은 바나나로 술을 담가 어른이나 아이들이나 모두 마신다. 시간이 만든 오래 숙성된 와인은 매우 비싸다.

산이 되거나
아니면 산에 의지하라

Be a mountain or rely

on a mountain

소말리 격언

'산이 되거나'는 자신의 능력과 자주성을 확고히 믿고자 하는 의지를 나타내며, '아니면 산에 의지하라'는 믿을 수 있는 주변의 지원을 받아들이는 것이 중요하다는 의미를 담고 있다. 이 격언은 자신의 능력과 자립심을 믿고 동시에 주변의 지원과 협력을 중요시하는 자세를 취하라는 교훈을 전한다. 우리는 언제나 산처럼 굳건하게 서서 자신의 길을 찾아가되, 필요하다면 주변의 도움을 받아들이며 함께 나아가야 한다.

나무를 타고 올라가면
같은 나무를 타고 내려와야 한다

If you climb up a tree,
you must climb down the same tree

아프리카 격언

우리의 행위와 결과에 대한 원칙을 표현하는 격언이다. 이는 어떤 행동을 하면 그에 따른 책임이나 결과도 자신이 감당해야 한다는 뜻이다. 무언가를 시작하면 그것을 마무리하는 것도 자신의 몫이라는 책임감을 강조한다. 시작한 일을 끝까지 밀고 나가는 일관성의 중요하며, 중간에 포기하지 않고 끝까지 자신의 길을 가야 한다.

나무를 올라갔다면 그 나무를 다시 내려와야 하는 것처럼, 성공을 이루거나 목표를 달성하기 위해서는 끝까지 이어 나가는 끈기와 인내가 필요하며, 중간에 포기하지 않고 꾸준히 노력해야 한다. 잘못하다간 나무에서 떨어진다.

원해서 찬물에 목욕하는 사람은
차갑게 느끼지 않는다

One who bathes willingly with
cold water doesn't feel the cold

휘파 격언

이 격언은 자신의 선택과 의지에 따라서는 어떤 어려움이나 불편함도 느끼지 않을 수 있다는 것을 나타낸다. 이는 그들이 자신의 선택에 대해 책임을 가지고 있으며, 그 선택을 통해 즐거움이나 만족감을 느끼기 때문이다. 우리가 어떤 일에 자발적으로 참여하고 책임을 가진다면, 그것이 어렵거나 불편하더라도 긍정적으로 받아들이고 즐길 수 있을 것이다. 우리의 태도와 마음가짐이 그것을 결정짓기 때문이다. 따라서 우리는 자발적인 선택과 의지의 힘으로 긍정적인 마음가짐을 갖는 것이 중요하다. 모든 건 마음먹기 나름이다.

만약 당신의 유일한 도구가 망치라면,
당신은 모든 문제를 못으로 보게 될 것이다

If your only tool is a hammer,
you will see every problem as a nail

감비아 격언

망치는 주로 목재를 고정하거나 물건을 침범하는 데 사용된다. 그러나 모든 문제를 해결하는 데 망치만으로는 충분하지 않다. 때로는 상황에 맞는 다양한 접근 방식과 도구가 필요하다. 우리는 다양한 도구와 접근 방식을 활용하여 문제를 다양한 각도에서 바라보고 해결해야 한다. 문제에 직면했을 때 한 가지 방법에만 집착하지 말고, 다양한 시각과 아이디어를 통해 문제를 해결해 나갈 필요가 있다. 문제 해결에 있어서 다양성과 융통성은 매우 중요하며, 하나의 관점에만 의존하는 것은 한계가 있을 수 있다. 세상에는 당신이 필요한 수많은 도구가 있다.

아무리 좋은 숯이라도
불 때지 않으면 음식을 만들 수 없다

No matter how good the charcoal is,
you can't make food without burning it

아프리카 격언

원인이 있으면 결과가 있는 법이다. 이 격언은 좋은 재료나 장비가 있다 해도, 그것들을 활용하지 않으면 아무런 가치가 없다는 의미를 담고 있다.

숯은 요리를 할 때 필요한 에너지원이며, 불이야말로 요리를 완성하는데 필수적이다. 하지만 자원이나 재능이 있더라도, 그것들을 적절하게 활용하지 않으면 아무런 결과물도 얻을 수 없는 것이다. 즉, 음식을 만들 수 없는 것이다. 우리가 좋은 아이디어나 잠재력을 갖고 있다 해도, 그것들을 실천하지 않으면 소용이 없다. 노력과 행동이 없이는 원하는 결과를 얻을 수 없는 것이다. 숯은 꾸준한 불꽃으로 만들어지며, 끊임없이 공급되어야만 불이 꺼지지 않는다. 따라서 우리의 노력과 열정도 꾸준하고 지속적으로 유지해야만 원하는 성과를 이룰 수 있다.

장사를 하려면 시장 바닥의 소음이 아니라 시장 상인들과 함께 해야 한다

If you want to do business, you have to be with the merchants of the market, not with the noise of the market floor

베냉의 격언

성공적인 장사를 위해서는 단순히 주변 환경에 신경 쓰는 것이 아니라, 실제로 그곳에서 일하는 사람들과 적극적으로 교류하고 협력해야 한다는 뜻이다. 이 격언에서 '시장 바닥의 소음'은 시장의 외부적인 혼잡함이나 표면적인 요소들을 의미한다.

사업이나 장사에서 단순히 외부적인 환경에만 신경 쓰기보다는, 그 환경에서 실제로 활동하는 사람들과의 관계를 구축하고 협력하는 것이 성공의 열쇠이다. 사람들과의 네트워크와 관계가 사업에서 중요한 자산이 되기 때문이다. 따라서 성공을 위해서는 단순히 겉모습에만 신경 쓰지 말고, 실질적인 교류와 협력을 해야 한다.

추장과 사귀려면
그가 밧줄에 앉아 있다는 것을 기억하라

When you befriend a chief
remember that he sits on a rope

우간다 격언

이 격언은 권력자나 중요한 사람과 관계를 맺을 때는 그들이 갖고 있는 불안정성이나 책임의 무게를 이해하고 신중하게 접근해야 한다는 의미를 담고 있다.

권력자나 중요한 인물들은 높은 지위와 책임을 가지고 있지만, 동시에 많은 압박과 불안정성을 겪고 있을 수 있다. 권력자나 중요한 사람들과 관계를 맺을 때, 그들이 겪고 있는 어려움과 불안정성을 이해해야 한다. 단순히 그들의 권력이나 지위에만 집중하지 말고, 그들이 감당하고 있는 무게와 책임을 고려하여 신중하게 접근해야 하는 것이다. 권력자와의 너무 깊은 관계를 가지면 그가 몰락할 때, 함께 몰락하게 된다.

내일은 오늘을 준비하는
사람들의 것이다

Tomorrow belongs to the people
preparing for today

아프리카 격언

이 격언은 내일의 성공과 기회는 오늘 준비하는 사람들에게 돌아 간다는 의미와 미래의 결과는 현재의 노력과 준비에 달려 있다는 것을 뜻한다.

미래를 대비하고자 하는 사람들은 현재의 시간과 자원을 올바르게 활용하여 준비와 계획을 세우는 것이 중요하다. 불확실한 미래에 대비하고자 하는 자세와 책임감이 필요하며, 성공을 이루기 위해서는 지금 당장 행동에 옮겨야 한다. 내일의 성공을 원한다면, 지금 당장 준비와 노력을 시작해야 한다. 오늘의 노력과 준비가 내일의 성공과 연결되기 때문이다. 공부 잘하는 사람들은 예습을 항상 한다.

노력하고 실패하는 것은
게으름이 아니다

To try and to fail
is not laziness

아프리카 격언

이 격언은 우리가 노력하는 동안 실패할 수 있다는 것을 받아들이고 이해해야 한다는 의미이다.

우리가 어떤 일에 도전하고 노력할 때, 모든 것이 항상 원활하게 진행되지 않을 수 있다. 때로는 우리의 노력이 실패로 이어질 수 있지만, 실수와 실패를 통해 더 나은 방향으로 나아갈 수 있다. 우리에게 노력과 투지가 실패를 두렵게 만들어서는 안 된다. 우리는 우리의 목표를 향해 노력하고, 어떤 결과가 나오더라도 그것을 받아들여야 한다. 이것은 우리가 목표를 향해 노력하고자 하는 의지이다.

위대한 일을 이루는 사람들은
작은 일에도 주의를 기울인다

People who achieve great things pay
attention to small things

아프리카 격언

이 격언은 성취와 성공을 이루는 사람들은 크고 작은 일에 모두 주의를 기울이며, 세심한 관심을 가진다는 뜻이다.

우리가 큰 성공을 이루기 위해서는 작은 성취와 노력이 필수적이다. 위대한 사람들은 이를 이해하고, 작은 성취에도 주의를 기울여 그들의 목표를 달성하기 위한 준비를 한다. 이는 성공의 기반이 되는 습관 중 하나다. 따라서 우리도 작은 것부터 시작하여 위대한 목표를 향해 나아가는 것이 중요하다. 작은 성취에도 주의를 기울이며 세심한 노력을 기울이는 것은 큰 성공을 이루는데 필수적인 습관이며, 이는 우리의 성장과 발전을 위한 핵심적인 요소이다. 꼼꼼함도 실력이다.

모든 명성에는
기반이 있다

Every fame has
a foundation

아프리카 격언

이 격언은 어떤 사람이나 사물이 유명해지기 위해서는 그것에 기반한 특성, 노력, 또는 성과 등이 있어야 한다는 의미이다.

사람이나 사물은 그들의 명성을 얻기 위해 무엇인가에 의해 기반을 갖게 된다. 예를 들어 유명한 예술가는 그의 작품과 창작력에 기반하여 명성을 얻게 되고, 유명한 과학자는 그의 연구와 발견에 기반하여 명성을 얻게 된다. 이러한 기반이 없다면 명성을 얻기는 어렵다. 명성과 성공은 단순히 우연이나 운에 의해서만 이루어지는 것이 아니라, 그것에는 특정한 노력과 기반이 필요하다. 따라서 명성을 얻기 위해서는 자신의 재능과 노력을 발휘해야 하며, 어떤 분야에서든지 성과를 내기 위한 기반을 갖추어야 한다.

금속 징을 만들 줄 아는 대장장이는
연의 꼬리를 보아야 한다

The blacksmith who does know how to
forge a metal gong should look at the tail of a kite

아프리카 격언

이 격언에서 '연의 꼬리'는 예측할 수 없는 상황이나 문제를 상징하는데, 기술적인 능력이나 전문 지식만으로는 충분하지 않고, 상황을 종합적으로 판단하고 이해해야 한다는 의미를 담고 있다.

대장장이는 금속 징을 만들기 위해 기술적인 능력뿐만 아니라, 원료의 특성과 사용 목적, 디자인 등 다양한 요소를 종합적으로 고려해야 한다. 따라서 전문가나 숙련된 기술자라도 자신의 지식이나 능력에만 의지해서는 안 된다. 상황을 종합적으로 이해하고 판단해야 한다. 이는 단순히 기술적인 능력만으로는 얻을 수 없는 것이며, 미래를 내다보는 넓은 시야와 깊은 통찰력이 필요하다.

현명한 이의 마음은
맑은 물과 같이 잔잔하다

The mind of a wise man is as
calm as clear water

카메룬 격언

이 격언은 현명한 사람의 내면적인 특성을 비유적으로 표현한 것이다. 맑은 물은 투명하고 깨끗하며, 물결이 잔잔하여 평온한 상태를 가지고 있다. 이와 같이, 현명한 사람의 마음은 감정적인 파동이나 혼란에서 벗어나 안정되어 있다. 그들은 감정을 잘 조절하고, 외부의 변화나 갈등에도 휩쓸리지 않고 안정된 태도를 유지한다.

현명한 사람은 주변 환경의 변화나 어려움에 대해 차분하게 대처한다. 그들은 마음이 잔잔하고 안정되어 있기 때문에, 갈등이나 어려움에 직면해도 상황을 극복하며, 더 나은 선택을 할 수 있다. 마음의 고요하면 평강을 누릴 수 있다.

행복하면
왕이 되는 것보다 더 좋다

Being happy is better

than being king

아프리카 격언

이 격언은 세상에서 가장 중요한 가치는 행복이라 것을 뜻한다. 왕의 지위나 권력은 외부적인 성공이나 영광을 상징하지만, 이것이 내면적인 행복과 만족감을 가져다주지는 않는다. 우리가 행복하다면, 우리는 자신의 삶을 만족스럽게 느낄 수 있다. 우리가 내적으로 행복하고 만족스러운 삶을 산다면, 우리는 어떤 지위나 부의 획득보다도 훨씬 더 큰 보상을 얻을 수 있다.

무력이나 권력을 쓰는 자는
이치를 따지기를 두려워한다

A man who uses force
is afraid of reasoning

케냐 격언

정치인들이나 권력자들은 똑똑한 유권자들을 싫어한다는 게 통설이다. 특히 독재자라면 더욱 그렇다. 이 격언은 힘과 권력을 가진 사람들이 자신들의 행동이나 결정에 대한 도덕적인 이치를 따지는 것을 싫어한다는 뜻이다.

권력이나 무력을 소유한 사람들은 때로는 권력을 남용하거나 부당하게 사용한다. 그들은 자신들의 권력을 유지하거나 강화하기 위해 도덕적인 원칙을 희생하는 경우가 있다. 또한 그들은 자신들의 힘을 유지하기 위해 논란을 회피하거나 다른 사람들의 의견을 무시하고, 자신들의 행동이나 결정에 대한 책임을 지기를 꺼려 한다. 도덕적으로 떳떳하지 못하니 이치를 따지는 것을 두려워하는 것이다. 사람들은 개돼지가 아니다.

미치광이가 춤을 추도록 북을 치는 자는 미치광이 자신보다 나을 것이 없다

He that beats the drum for the mad man
to dance is no better than the mad man himself

아프리카 격언

이 격언은 어떤 상황에서 비합리적인 행동을 하는 사람을 따라가는 것이 더 큰 어리석음이라는 것을 뜻한다. '미치광이'는 비합리적이거나 이성에 반하는 행동을 하는 사람을 의미하며, 춤을 추고 있다는 것은 어리석은 일을 하고 있음을 의미한다. 또한 '북을 치는 자'는 그의 행동을 지지하는 사람을 나타낸다.

미친 사람이나 비합리적인 행동을 하는 사람을 따라가는 것은 그 자체로 어리석은 행동이며, 미친 사람의 행동이나 결정을 따르는 것은 더 큰 어리석음이라는 것이다. 자신의 판단과 이성에 따라 행동하는 것이 중요하다. 참고로 세계의 독재자와 그의 동조자들은 지금도 많은 죄악을 저지르고 있다.

자신의 것이 아닌 것에는
무기력하다

be lethargic for something
that is not one's own

짐바브웨 격언

이 격언은 사람은 자신의 것이 아닌 것에 대해서는 열정이나 동기 부여가 부족하다는 의미를 담고 있다. '자신의 것'은 책임이나 애정을 가지고 있는 것을 의미하며, '무기력하다'는 자신과 관련이 없는 것에 대해서는 무기력하게 반응하고, 적극적으로 나서지 않는다는 것을 의미한다.

사람은 누구나 자신과 직접적인 관련이 있는 일에 대해서는 열정과 동기를 가지고 적극적으로 임하지만, 자신과 관계가 없는 일에는 무관심하거나 소극적으로 반응하게 된다. 이는 사람의 동기 부여와 열정이 개인적인 연관성과 책임감 있는 행동에 큰 영향을 미친다는 것을 나타낸다. 따라서 우리에겐 어떤 일이나 대상에 대해 책임을 질 수 있게 하는 동기부여가 매우 중요한 것이다. 채찍보단 당근이 필요하다.

양치기가 편히 집에 돌아올 때
우유는 달콤하다

The milk is sweet when the shepherd
comes home in peace

에티오피아 격언

이 격언은 일정한 노력 또는 일의 완료 후에 휴식을 취하거나 만족스러운 결과를 얻었을 때의 기쁨을 의미한다.

'양치기가 편히 집에 돌아올 때'는 일의 수고나 노력을 끝내고 집으로 돌아왔을 때를 나타낸다. 이는 어떤 일이나 노력을 하고 나서 마침내 목표를 달성하고 쉴 수 있는 상황을 의미한다. '우유는 달콤한다'는 이러한 상황에서 얻는 보상이나 기쁨을 나타낸다. 우유는 전통적으로 영양이 풍부하고 기분을 좋게 해주는 음료로 전해져 왔다. 노력의 끝에 얻는 만족감이나 보상이 우유라는 기쁨으로 다가온 것이다. 이처럼 노력과 힘든 일을 견디면 언제나 달콤한 보상을 받을 수 있다. 일을 끝마치고 퇴근하는 시간은 언제나 즐겁다.

물고기가 썩을 때
머리부터 악취가 나온다

When a fish rots,
the head stinks first

가나 격언

머리부터 악취가 나오는 것은 물고기가 썩을 때의 현상이다. 머리가 썩으면 악취가 먼저 퍼져나가고, 이것이 물고기가 썩었다는 신호이다. 따라서 리더가 문제를 일으키는 행동을 한다면, 조직 전체에 악취와 같은 부정적인 영향을 미칠 수 있다. 리더는 예의 바르고 윤리적인 행동을 보여야 하며, 조직의 목표를 달성하기 위해 올바른 결정을 내려야 한다. 만약 리더가 문제를 일으키는 행동을 한다면, 조직 전체에 부정적인 영향을 미칠 수 있다. 리더의 도덕성 문제로 조직이 망할 수도 있다.

마을의 장로들은
마을의 울타리다

The elders of the village
are the fence of the village

가나 격언

　마을의 장로들은 마을의 울타리와 같다. 울타리는 마을을 보호하고 외부로부터 위협으로부터 지키는 역할을 한다. 마찬가지로 장로들은 마을의 안전과 안락을 유지하는 데 중요한 역할을 한다. 그들은 마을의 지혜롭고 경험이 많은 지도자로서 마을 구성원들을 이끄는 역할을 맡는다. 장로들은 마을의 역사와 전통을 지키고, 마을의 문화와 가치를 전달하며, 마을 구성원들 간의 조화와 평화를 유지하는 데 일조한다. 따라서 이 격언은 마을의 장로들이 마을을 보호하고 함께 성장시키는 중요한 요소임을 강조한다. 마을의 울타리인 장로들의 역할은 마을의 안전과 번영을 위해 필수적이기 때문이다.

리더십은 신으로부터
주어진 것이다

Leadership comes
from God

케냐 격언

케냐 문화에서는 리더십은 신성한 것으로 간주되며, 신이 특정 개인에게 리더십의 역할과 책임을 부여한다고 여긴다. 이는 리더십의 중요성과 영향력을 인정하고, 리더들에게는 신에 대한 책임과 성스러움을 요구한다는 의미를 담고 있다.

이 격언은 지도자들에게 책임감과 성스러움을 상기시킨다. 리더십은 단순히 권력이나 지위의 문제가 아니라, 신이 준 책임이자 축복이라는 것을 강조한다. 따라서, 리더는 신에 대한 책임과 경의를 가지고 자신의 역할을 수행해야 한다는 메시지를 전달한다. 왕의 자리는 하늘이 내린다.

발로 잡초를 밟지 않고는
산 정상에 오를 수 없다

You cannot climb to the mountain top
without crushing some weeds with your feet

우간다 격언

산 정상에 오를 때 잡초를 밟는다는 것은 오는 도중에 많은 사람에게 상처를 주며 성취를 이룬다는 의미이다. 이는 우리가 어떤 목표를 향해 나아가려 할 때 인간적인 어려움과 장애물이 존재한다는 것을 상기시킨다. 우리가 성취하고자 하는 목표에 도달하기 위해서는 주변을 배려하고 힘든 시련과 노력을 견뎌내야 한다. 이 격언은 단순히 발로 잡초를 밟는 것을 넘어서, 어떤 목표를 향해 노력하고 희생하는 것의 중요성을 강조한다. 산 정상에 오르기 위해서는 굳건한 마음과 노력, 인내가 필요하며, 그 길에는 어려움이 있을 것이라는 것을 알려주고 있다.

오류가 도달한 곳에서는
수정이 불가능하다

Where error gets to,
correction cannot reach

가나 격언

실수나 잘못된 행동이 이미 진행된 상황에서는 그것을 바로잡기가 어렵다. 실수가 이미 발생하고 상황이 악화되면, 그러한 상황을 교정하거나 되돌리기가 어려울 수 있다. 실수를 사전에 예방하고, 오류가 발생하더라도 즉각적으로 교정하는 것이 중요하다. 이 격언은 사회적인 측면에서도 해석될 수 있다. 사회적인 잘못이 퍼지고 확산되는 경우, 그것을 교정하거나 바로잡기가 어렵다. 따라서 윤리적이고 책임감 있는 행동과 사회적 규범을 준수하는 것이 중요하다는 메시지를 전달한다.

오늘 기회를 잡지 못하는 사람은
내일의 기회도 잡을 수 없다

Those who don't seize opportunities today
won't have them tomorrow

소말리아 격언

이 격언은 우리에게 기회의 소중함과 노력의 중요성을 상기시키며, 오늘의 기회를 놓치지 않고 최선을 다하며, 미래를 준비하는 것이 중요하다는 교훈을 전달한다.

우리가 삶에서 마주치는 기회는 한정되어 있고, 그 기회를 놓치게 되면 다시 돌아오지 않을 수 있다. 오늘의 기회를 놓치면 내일의 기회를 잡기 어려울 수 있다. 시기적절한 순간에 행동하지 않으면 기회를 놓칠 수 있으며, 그로 인해 앞으로의 기회를 놓치게 될 수 있다. 우리는 자신의 목표와 꿈을 실현하기 위해 주어진 순간을 최대한 활용해야 한다. 내일은 불확실하며, 미래의 기회는 보장되어 있지 않기 때문에 오늘 기회를 최선을 다해 활용해야 한다. 지나간 시간은 되돌아 오지 않는다.

숫자(집단 또는 다수)는
어떤 것이든 성취할 수 있다

Numbers can achieve

anything

가나 격언

이 격언은 독립적이지 않고 서로에게 의존하는 세계를 상기시키며, 협력과 공동체의 가치를 강조하며, 숫자는 개별적인 힘을 극대화하고 사회적인 목표를 달성하는 데에도 도움이 된다는 뜻을 담고 있다.

우리는 혼자서는 한계가 있을 수 있지만, 다른 사람들과 협력하고 함께 노력하면 더 큰 성과를 이룰 수 있다. 그룹 또는 커뮤니티의 힘을 활용하면 협업, 지지, 지식 공유 등의 혜택을 얻을 수 있으며, 다양한 사람들이 모여서 각자의 강점과 아이디어를 제공하면 더 다양하고 창의적인 해결책을 찾을 수 있다. 이처럼 모두가 함께 노력하고 서로를 지지하면 우리는 큰 목표를 달성할 수 있다.

복종하지 않는 자는
지휘할 수 없다

He who refuses to obey

cannot command

아프리카 격언

이 격언은 누구를 지휘하려면 먼저 복종하는 것이 필요하다는 것을 뜻한다.

어떤 집단이나 조직에서도, 지휘자가 되기 위해서는 그룹 내의 규칙과 지침을 따르고, 그것을 예시로 보여주어야 한다. 복종하지 않고 자기 마음대로 행동하며, 자신이 상관이나 조직에게 복종하지 않는다면, 자신의 아래 부하에게 복종을 기대할 수 없고 질서를 유지할 수 없다. 먼저 자신이 본보기가 되어야 후배들이 따르게 마련이다. 매사 가는 것이 있으면 오는 것이 있게 마련이다. 솔선수범해야 한다. 아프리카의 질서유지에 원동력적 역할을 한 것이 위계질서다. 이 위계질서를 유지하는 수단이 바로 복종이다. 복종하지 않는 자는 처벌 대상이다.

문제 해결에 참여하지 않으면
문제의 일부가 된다

If you're not part of the solution,
you're part of the problem

아프리카 격언

이 격언은 사회 또는 공동체에 문제가 발생하면 그 문제를 해결하는 데 노력해야 하며, 방관한다면 문제는 더 악화되고 해결이 더 어려워진다는 뜻이다.

우리는 자신의 역할을 인식하고 문제를 해결하기 위해 행동해야 한다. 문제 상황에서 소극적인 태도를 취한다면 오히려 문제를 지속시키거나 악화시킬 수 있다. 방관자로써 자신이 문제의 일부가 되는 것이다. 우리는 어떤 문제가 생겼을 때 무관심한 태도를 가지지 않아야 한다. 문제 상황에서 우리가 적극적으로 참여하고 협력하여 문제의 근본적인 원인을 해결한다면, 사회는 발전과 번영을 향해 계속 나아갈 수 있을 것이다.

다툼이 많은 추장은
마을을 하나로 묶어주지 못한다

A quarrelsome chief does not hold
a village together

아프리카 격언

지도자가 다툼을 일으키거나 갈등을 조장하면 공동체를 하나로 묶는 데 실패할 수밖에 없다. 지도자의 역할은 공동체를 이끌고 화합을 유지하는 것이다. 지도자가 다툼을 자주 일으키면, 구성원들 사이에 불신과 긴장이 생기며, 이는 공동체의 단합과 협력을 저해한다. 또한 지도자가 자주 다툼을 일으키면 구성원들도 갈등을 쉽게 일으키게 된다. 이는 공동체 전체의 분열을 초래하고, 협력과 상호 지원의 문화를 약화시키는 일이 된다. 따라서 지도자는 다툼을 피하고, 구성원들 간의 화합과 협력을 도모해야 한다. 그래야만 공동체는 더 강하고 단합된 상태로 목표를 향해 나아갈 수 있다. 선거로 지도자를 뽑을 때 인품도 중요한 요소이다.

바보가 게임을 배울 때쯤이면
선수들은 뿔뿔이 흩어졌다

By the time the fool has learned the game,
the players have dispersed

아샨티 격언

　어리석은 사람이 어떤 새로운 기술이나 활동을 배우기 시작할 때, 이미 숙련된 사람들은 이미 그런 활동에서 성취한 채로 다음 단계로 나아가거나, 다른 활동으로 떠나버렸다는 뜻의 격언이다. 이는 어리석은 사람이 시작부터 늦었거나, 경험이나 능력이 부족하기 때문에 기존의 숙련자들을 따라잡기 어렵다는 것을 나타낸다. 이미 숙련자들은 더 나은 기술을 습득하거나 더 높은 수준의 경험을 쌓고 있기 때문에, 어리석은 사람이 따라잡기 어려운 간극이 벌어지게 되는 것이다. 그렇다고 도전을 포기하진 말아야 한다.

집을 짓는 중에 못이 부러지면,
못을 바꾸면 된다

If you're building a house and a nail breaks,
you replace it

아프리카 격언

집을 짓는 과정에서 못이 부러지는 것은 예상치 못한 문제다. 만약 한 못이 부러졌다고 해서 집을 짓는 것을 멈춘다면 집을 완성할 수 없게 된다. 따라서, 문제가 발생하면 현명하게 대응하여 해결해야 한다. 이 격언은 삶의 여러 측면에서도 적용될 수 있다. 어떤 목표를 달성하려고 할 때, 어려움이나 장애물이 생길 수 있다. 그러나 우리가 도전을 멈추거나 포기하지 않고 문제를 해결하고 계속 전진해야 한다. 우리는 문제가 발생했을 때 멈추지 않고 대처하는 것이 중요하며, 문제를 해결하고 목표를 달성하기 위해 노력해야 한다. 못을 많이 준비하는 것도 방법이다.

인내심은
아름다운 아이의 어머니다

Patience is the mother of
a beautiful child

아프리카 격언

　이 격언은 인내심을 통해 얻은 결과는 가치 있고 아름답다는 것을 뜻한다.

　인내심은 어려움과 시련을 견디는 능력이다. 어떤 목표나 꿈을 이루기 위해서는 시간이 걸리고, 그 과정에서 여러 가지 어려움이 있을 수 있다. 하지만 인내심을 발휘하면 이러한 어려움을 극복하고, 결국에는 원하는 목표를 이룰 수 있다. 인내심을 통해 얻은 성취는 단순한 결과 이상의 의미를 지니며, 우리에게 깊은 만족감과 자부심을 준다. 인내심을 통해 얻은 결과는 가치 있고 아름다운 것이고 우리는 인내심을 발휘함으로써 어려움을 극복하고, 더 나은 성취와 관계를 이룰 수 있다.

충고를 듣지 않은 귀는
머리가 잘려 나갈 때 함께 간다

Ears that do not listen to advice,
accompany the head when it is chopped off

아프리카 격언

건강검진을 받으라고 할 때 제때 받았더라면, 위험한 운동은 하지 말았어야 하는데 등. 남의 조언을 듣지 않는 사람들은 그 결과에 직면할 때, 후회하더라도 이미 늦은 경우가 많이 있다. 무시하고 무감각하게 지내다가 어려움에 처할 때는 이미 대처할 방법이 없을 정도로 나쁜 상황일 때도 있다. 따라서 조언을 잘 듣고 따르는 것이 중요하다. 최악의 경우에는 충고를 들었더라면 살아갈 수 있었을 것을 충고를 듣지 않았기 때문에 결국에는 죽음을 당하여 목도 나가고 귀마저 잘리게 된다. 매우 흉측한 아프리카 격언이다.

조언은 고객과 같아서 환영한다면 하룻밤 묵고, 그렇지 않다면 당일에 떠나간다

Advice is the same as a customer, if he's
welcome he stays for the night if not, he leaves the same day

말라가시 격언

이 격언은 조언을 주는 측이 자신의 조언을 받는 사람의 태도를 존중하며, 상호 간의 존중과 소통을 바탕으로 효과적인 상호작용을 이끌어내는 것의 중요성을 나타낸다.

'조언은 고객과 같아서 환영한다면'이라는 표현은 조언을 받는 사람이 자신의 조언을 환영하고 받아들인다는 것을 의미한다. 이는 상대방이 자신의 조언을 원하고 존중한다는 뜻이다. 그러나, '그렇지 않다면 당일에 떠나 간다'는 조언을 주는 측이 자신의 시간과 노력을 존중받지 않는다고 판단할 때, 더 이상 자신의 조언을 제공하지 않겠다는 것을 의미한다.

한 발로는
걷기 어렵다

One foot isn't
enough to walk with

이집트 격언

개인의 능력만으로는 한계가 있으며, 혼자서는 목표를 달성하거나 어려움을 극복하기 어렵다는 것을 나타낸다. 협력과 지원이 필요하며, 여러 사람들과의 협업과 지지를 통해 성공을 이루는 것이 중요하다는 것을 암시하는 격언이다.

한 발로는 걷기 어렵다는 것은 우리가 혼자서는 큰일을 이루기 어렵다는 것을 의미한다. 우리가 어떤 목표를 향해 나아가고자 할 때, 혼자서는 그것을 달성하기 어렵고 힘들다. 두 발이 서로를 서로를 균형 있게 지탱해야 걷기가 가능하듯이, 협력과 지원이 필요한 일에는 혼자서는 어려움을 겪을 수 있다. 따라서 다른 사람들과의 협력과 지원을 받으면 더 나은 결과를 이룰 수 있다. 함께라면 어려운 일도 이겨낼 수 있다. 한 발로 걸을 수 있는 사람은 아무도 없다.

야자수에 오르는
지름길은 없다

There are no shortcuts to
climbing the palm trees

아프리카 격언

어떤 목표를 달성하기 위해서는 어떠한 지름길도 존재하지 않는다. 야자수는 가지 없이 외줄 줄기를 갖고 있고 가지 표면이 가시처럼 모져 있어 올라가기가 매우 어렵고 위험하다. 야자수 열매를 따려면 험한 외줄 줄기를 타고 올라가야만 한다. 성공도 이와 같아서 다른 지름길이 있을 수 없고, 한 가지 길밖에 없으며 위험하다.

아둔한 친구보다는
영리한 적이 좋다

An intelligent enemy is better
than a stupid friend

세네갈 격언

아둔한 친구는 비록 선의를 가지고 있더라도, 무지하거나 실수로 인해 의도치 않은 문제를 일으킬 수 있다. 이러한 친구는 도움을 주기보다는 오히려 더 큰 어려움을 초래할 수 있다. 반면, 영리한 적은 우리가 더욱 신중하고 전략적으로 행동하게 만든다. 그들의 존재는 우리의 능력을 최대한 발휘하게 하고, 우리는 그들과의 대립을 통해 더 나은 전략을 세우고, 더 강해지게 한다. 따라서, 단순히 친구나 적의 여부보다는 그들의 능력과 신뢰성, 그리고 우리가 얻을 수 있는 이점을 고려해야 한다. 우리는 친구를 잘 사귀어야 한다.

사실에 대하여 눈 감으면
사고가 난 후에야 알게 된다

If you close your eyes to facts,
you will only find out after an accident

아프리카 격언

이 격언은 무지 또는 무신경함이 문제의 근본을 파악하거나 그 문제를 인식하는 것을 방해할 수 있다는 것을 뜻한다.

사람들이 주변의 사건이나 문제에 대해 무지하거나 무신경할 때, 그들은 심각한 사고의 결과를 초래할 수 있다. 이는 문제의 심각성을 인식하지 못하거나, 사건의 중요성을 간과함으로써 발생한다. 그 문제의 심각성이나 중요성이 이미 문제가 발생한 이후에는 해결이 어려울 수 있다. 문제가 발생하기 전에 사전에 적절한 조치를 취하고, 문제의 심각성을 인식하여 예방하는 것이 중요하다. 잘못하다간 호미로 막을 것을 가래로 막게 된다.

지나치게 야망이 있는 사람은
평온하게 잠을 잘 수 없다

A person with too much ambition

cannot sleep in peace

아프리카 격언

이 격언은 과도한 야망이나 욕심이 있는 사람은 내적인 안정과 평화를 얻기 어렵다는 것을 뜻한다.

너무 큰 야망은 자신을 불안하게 만들며, 지속적인 성취와 성공을 추구하기 위해 내적인 안정과 휴식을 희생하는 경향이 있다. 균형과 조화가 중요하다. 과도한 야망은 신체와 정신 건강에 부정적인 영향을 미칠 수 있다. 휴식과 재충전의 시간이 필요하다. 이처럼 과도한 야망은 내면의 평화와 안정을 위협하고, 삶을 더욱 복잡하게 만든다. 그러므로 목표를 추구하고 성취를 이루는 것이 중요하지만, 그 과정에서 내면의 안정과 평화를 유지하는 것이 더욱 중요하다는 것을 명심해야 한다. 잠이 보약이다.

근면은
부의 원천이다

Hard work is the
source of wealth

아프리카 격언

이 격언은 노력과 근면이 부를 창출하는 데 중요한 역할을 한다는 것을 의미한다.

부의 원천은 단순히 노동하는 것이 아니라, 그 노동에 근면하고 성실하게 임하는 것이다. 꾸준한 노력과 노동을 통해 성취된 결과물은 부의 기초를 형성하고, 더 큰 성공으로 이어질 수 있다. 근면은 효율적으로 시간을 활용하게 하고, 새로운 기회를 창출하여, 결국에는 부의 증가로 이어질 수 있다. 근면한 태도와 열정은 성취와 성공을 가져올 수 있는 원동력이 된다. 따라서 우리는 근면한 태도를 가지고 열심히 노력하여 성공과 부의 증진을 이루어 나가야 한다.

어떤 것도 자신의 원천보다
더 크게 나아갈 수 없다

Nothing can go further

than its source

아프리카 격언

이 격언은 모든 것이 자신의 근원이나 출발점을 벗어나거나 그보다 더 크게 발전할 수 없다는 의미를 담고 있다.

어떤 일이나 목표를 달성하기 위해서는 견고한 기초가 필수적이다. 예를 들어, 건물을 지을 때 튼튼한 기초가 없다면 건물은 오래 버티지 못할 것이다. 마찬가지로, 우리의 지식, 기술, 인격 등도 튼튼한 기초 위에서만 제대로 성장할 수 있다. 이처럼 모든 성장은 그 기초 위에서 이루어진다. 아무리 크게 성장하고 발전해도 그 근원이나 출발점을 완전히 초월할 수 없는 것이다. 따라서 우리는 자신의 한계를 인식하고, 자신의 근원을 이해하고 존중하는 태도가 필요하다.

희망은
실망시키지 않는다

Hope doesn't
disappoint

아프리카 격언

　희망은 우리가 어떤 상황에서든지 긍정적인 가능성을 보는 능력을 제공해 준다. 희망은 우리가 앞으로 더 나은 일이 일어날 것을 믿고 기대할 수 있도록 도와주고, 어떤 어려운 상황이나 실패가 와도 힘을 주며 다시 일어나게 하고, 계속 노력하게 하며, 새로운 가능성을 찾아 나갈 수 있게 해준다. 우리가 어떤 어려움이나 실패를 경험하더라도 희망을 잃지 않고, 긍정적인 마인드와 노력을 유지한다면 희망은 우리를 실망시키지 않을 것이다. 희망은 긍정의 바이러스다.

보는 것은
말로 듣는 것과는 다르다

Seeing is different than
being told

아프리카 격언

이 격언은 어떤 경험을 직접 실제로 겪어보는 것이 그것을 단순히 다른 사람의 이야기로만 듣는 것과는 다르다는 의미이다.

무언가를 실제로 경험하고 직접 보는 것은 다른 사람의 이야기를 듣는 것보다 훨씬 더 나은 이해를 제공한다. 말로만 듣는 것은 이해의 한계가 있을 수 있으며, 직접 보는 것은 더 큰 영감과 이해를 제공할 수 있기 때문이다. 경험과 직접적인 관찰은 실제로 이해하고 감정을 느끼는 데 더 큰 영향을 준다. 이론적인 지식이나 타인의 이야기만으로는 충분한 이해를 얻기 어렵고, 직접 경험과 관찰을 통해 그것을 스스로 체험하고 이해하는 것이 필요하다. 옷도 직접 보고, 입고 구입해야 한다.

일찍 일어나면
길이 짧아진다

Rising early makes
the road short

아프리카 격언

하루를 일찍 일어나서 시작하면 더 많은 시간을 활용하여 목표를 달성하는 데 기회와 여유를 가질 수 있다. 시간을 효율적으로 관리할 수 있기 때문이다. 아침 시간은 비교적 조용하고 방해 요소가 적기 때문에, 집중력을 높여 중요한 일을 효율적으로 처리할 수 있다. 이를 통해 하루의 남은 시간 동안 더 많은 일을 할 수 있게 되어, 결국 목표를 더 빨리 달성할 수 있다. 우리는 일찍 일어나는 습관을 통해 더 많은 일을 효율적으로 처리하고, 목표를 더 빠르고 효과적으로 달성할 수 있다. 일찍 일어나는 새가 벌레도 많이 잡아먹는다.

다른 사람의 별을 향해
항해하지 마라

Don't sail for
someone else's star

아프리카 격언

이 격언은 다른 사람의 성공 모델이나 목표를 따르는 것이 아니라, 자신만의 꿈과 목표를 설정하고 그것을 향해 나아가야 한다는 것을 의미이다.

자신의 길을 찾고 자신의 목표를 향해 나아가기 위해서는 타인의 영향이나 성공에 의지하는 것이 아니라, 자신의 고유한 능력과 열정을 발휘하여 자신만의 길을 개척해야 한다. 다른 사람의 성공이나 경험을 참고하고 영감을 받는 것은 중요하지만, 그것을 따라가는 것은 자신의 개성을 잃을 수 있으며, 원하는 결과를 얻기 어려울 수 있다. 따라서 우리는 자신의 고유한 능력과 꿈을 발견하고 목표를 설정하여, 그것을 향해 나아가는 것이 중요하다. 남을 부러워하지 말아야 한다.

무대 위 최고의 댄서라도
언젠가는 은퇴해야 한다

Even the best dancer
on the stage must retire sometime

아프리카 격언

이 격언은 모든 인생의 활동과 업적에는 한계가 있으며, 시간이 지나면서 떠남의 시기가 온다는 의미이다.

가장 뛰어난 춤 추는 사람이라도 언젠가는 나이나 활동의 한계로 인해 무대를 떠나야 하는 것처럼, 우리는 모든 것을 영원히 유지할 수는 없다는 현실을 인정하고, 변화와 변동성을 받아들이는 태도를 가져야 한다. 모든 인간은 한계와 제한을 가지고 있으며, 시간이 지나면서 자연스럽게 다른 세대와 자리를 바꾸고 넘어가야 한다. 뛰어난 업적이나 기술을 가진 사람이라도 시간의 흐름에 따라 새로운 세대로 넘어가야 함을 이해하고 받아들이는 것은 중요하다. 그래야 세대 간의 연결을 통해 지속적인 발전과 균형을 이룰 수 있다. 떠날 줄 아는 사람은 아름답다.

좋은 대화는
부자 되는 것과 같다

Having a good discussion
is like having riches

아프리카 격언

　좋은 대화가 부를 가진 것과 같은 가치가 있다는 의미를 전달한다. 이 격언에서 '부자'는 재물적인 풍부함뿐만 아니라, 지적인 풍부함과 영감을 의미한다. 대화의 중요성과 가치에 대해 강조하며, 서로의 관점을 공유하고 의견을 교환함으로써 부를 얻을 수 있는 기회가 있다는 것을 암시한다.

　훌륭한 대화는 비록 물질적인 부와 직접적인 관련이 없더라도, 인간관계와 사고방식에 많은 영향을 미칠 수 있다. 좋은 대화는 지식과 아이디어를 교환하고, 서로의 시각과 경험을 공유하며, 새로운 인사이트와 영감을 주는 등의 효과를 가져온다. 따라서 좋은 대화를 통해 사람들은 자기 계발과 성장을 이룰 수 있으며, 이는 긍정적인 영향과 가치를 창출할 수 있다.

무례는 자신에게 조만간
치명적인 결과를 초래한다

Disrespect will soon lead to fatal
consequences for oneself

아프리카 격언

이 격언은 예의 없는 태도와 감사하지 않음이 사람에게 돌아오는 부정적인 영향을 미친다는 것을 뜻한다. 무례한 태도는 다른 사람들과의 관계를 손상시킬 수 있으며, 감사하지 않음은 다른 사람들의 호의와 도움에 대한 인정을 표현하지 않는 것을 의미한다. 이러한 태도는 결국 그 자신의 명예와 관계, 신뢰, 지지를 손상시킬 수 있으며, 그에게 치명적인 결과를 초래한다. 다른 사람들에게 존경과 감사의 마음을 표현하는 것은 자신의 발전과 성공에 도움이 된다.

잘 익은 옥수수는
보기만 해도 알 수 있다

You can tell a ripe corn

by its look

아프리카 격언

이 격언은 진정한 실력과 성취는 자연스럽게 나타나고, 사람들이 쉽게 알아볼 수 있다는 것을 뜻한다.

옥수수가 잘 익었을 때는 그 색과 형태로 인해 누구나 쉽게 알아볼 수 있는 것처럼, 사람의 능력이나 성과도 마찬가지이다. 진정한 실력은 숨길 수 없으며, 그 사람의 행동이나 결과를 통해 자연스럽게 드러난다. 진정한 실력은 과시나 자랑 없이도 주위 사람들이 인정하게 되는 것이다. 잘 익은 옥수수가 특별히 강조할 필요 없이 그 자체로 훌륭한 것처럼, 사람의 능력이나 성취도 스스로 빛을 발하는 것이다. 따라서 우리는 자신의 능력과 성취를 꾸밈없이 진정성 있게 드러내며, 타인의 진정한 실력을 알아보는 안목을 기르는 것도 중요하다.

춤도 못 추는 사람은
땅바닥이 자갈밭이라 한다

He who is unable to dance

says that the yard is stony

마사이 격언

이 격언은 무언가를 할 수 없는 사람은 환경이나 상황과 같은 외부 요인을 탓하여 자신의 무능력을 변명하는 경향이 있다는 것을 의미한다. 이 경우, 춤을 출 수 없는 사람은 춤추기 어려운 땅의 상태를 탓하고 자신의 미숙함을 인정하지 않는다는 것을 뜻한다. 우리는 자신의 한계에 대한 책임감을 가져야 하며, 변명하거나 외부 요인에 책임을 전가하지 않아야 한다. 변명은 자신만 추하게 만든다.

다른 사람의 인격을 손상시키면
자신의 인격도 손상시킨다

If you damage the character of another,
you damage your own

아프리카 격언

다른 사람의 인격을 손상시키는 행동은 그에 대한 반발이나 분노를 자아낼 수 있으며, 사회적으로 비난을 받을 가능성이 크다. 이는 자신의 평판과 사회적 지위를 훼손할 수 있고, 사회적으로 비난받으면서 자신의 자존심이나 사회적 지위가 무너질 수 있다. 그로 인해 내면의 자존감도 상실할 수 있다. 따라서 자기와 타인의 관계에서 상호 존중과 이해를 바탕으로 행동해야 한다. 다른 사람을 비난하는 행동은 결국 자신에게도 돌아오며, 더 나은 사회적 관계와 성장을 위해서는 상호 존중과 협력이 필요하다.

내부에 적이 없으면
외부의 적이 해치지 못한다

When there is no enemy within,
the enemies outside cannot hurt you

아프리카 격언

이 격언은 내부적으로 강인하고 안정된 자세를 갖추면 외부로부터 오는 위협이나 공격을 효과적으로 대처할 수 있다는 의미이다.

내면의 안정은 외부의 압박이나 공격에도 군건한 자세를 유지할 수 있는 기반을 제공한다. 내면의 안정은 자신감과 자아를 구축하여 외부의 위협에 대해 자신을 보호하고, 강인한 대처를 가능하게 한다. 또한 내면의 안정은 외부의 적과 대화하거나 협력할 수 있는 기반을 제공한다. 이는 외부의 적과의 대립이나 갈등을 최소화하고, 상호 협력과 조화를 추구하는 데 도움을 준다. 따라서 우리는 내부적으로 강인하고 안정된 자세를 유지함으로써, 더 나은 대인 관계를 구축하고 협력을 이끌어낼 수 있다.

친구는 길을
함께 가는 동반자다

A friend is someone you
share the path with

아프리카 격언

이 격언은 친구가 우리 삶의 여정에서 함께하며 우리를 이해하고 지지해 주는 존재라는 의미를 나타내고 있다. 아프리카 사람들은 '너는 나의 친구다You are my friend'라는 말을 자주 한다.

친구는 우리의 성장과 여정에서 함께 나아가는 사람이다. 우리는 친구와 경험을 나누고 어려움과 기쁨을 함께 겪으며, 서로를 돕고 응원한다. 친구는 우리가 마주하는 어려움을 극복하는 데 도움을 주고, 우리의 성공과 행복을 함께 나누는 중요한 동반자다. 친구는 우리의 삶에서 소중한 역할을 하는 존재다. 따라서 우리는 친구들과 연결되어 있어야 하며, 함께 여정을 나아가야 진정한 의미의 행복을 찾을 수 있다.

못된 사람과 친구 하는 자는
그 사람처럼 못된 자가 된다

One who relates with a corrupt person
likewise gets corrupted

아프리카 격언

이 격언은 우리가 부패한 사람과 친분을 맺거나 관계를 유지한다면, 그 사람의 부정한 가치관, 행동, 행태 등이 우리 자신에게도 영향을 미칠 수 있다는 것을 의미한다.

주변에 있는 부패한 사람들과 친분을 맺거나 그들과 교류하는 것은 우리 자신의 도덕적 가치를 훼손하고 부패시킬 수 있다. 올바른 사회적 관계를 형성하고 부패를 피하기 위해서는 우리 주변의 사람들을 신중히 선택하고 건강한 관계를 유지해야 한다. 우리는 부패한 사람과의 관계에 주의를 기울여야 하며, 성실하고 올바른 사람들과 함께하며, 부패와 부정한 영향력으로부터 자신을 보호해야 한다.

닭은 자신을 죽인 칼은 무시하고
요리한 냄비만 불쾌히 여긴다

The chicken frowns at the cooking pot,
ignoring the knife that killed it

아프리카 격언

이 격언은 자신의 문제의 근본 원인을 인식하지 못하고 딴 문제에 집중하는 상황을 비유적으로 나타내고 있다.

닭은 요리된 냄비를 불쾌하게 여기지만, 실제로 자신을 죽인 것은 칼이다. 이는 문제 상황에서 가시적인 증상이나 결과에만 집중하고, 실제로 문제를 발생시킨 근본 원인을 인식하지 못하는 것이다. 문제를 발생시킨 원인을 제대로 인식하지 못하고, 잘못된 대상에게 책임을 전가하는 것은 해결책을 찾는 데 방해가 된다. 우리가 문제를 해결할 때, 그 근본 원인을 제대로 이해하고 책임을 명확히 하는 것이 중요하다.

아무 조언자 없는 파리는
무덤 속 시체까지 찾아간다

A fly that has no counselor follows
the corpse to the grave

아프리카 격언

이 격언은 지혜롭고 신중한 조언이 없으면 잘못된 길을 가게 될 수 있다는 의미를 담고 있다.

파리가 무턱대고 움직이다 보면 결국 위험한 곳이나 쓸모없는 곳, 즉 무덤 속 시체와 같은 곳에 이르게 된다. 이는 우리가 인생에서 올바른 길을 찾기 위해서는 경험이 풍부하고 지혜로운 사람들의 조언이 필요하다는 것을 의미한다. 사람도 지도가 없으면 쉽게 잘못된 방향으로 갈 수 있다. 타인의 경험과 지혜를 활용하는 것이 중요하다. 따라서 우리는 중요한 결정을 내릴 때는 경험 많고 신뢰할 수 있는 사람의 조언을 받는 것이 중요하다.

카멜레온은 움직이기 전에
모든 방향을 살핀다

The chameleon looks in
all directions before moving

우간다 격언

이 격언은 무슨 일이든지 서두르지 말고, 먼저 상황을 잘 살펴본 후에 움직이라는 의미이다. 카멜레온은 눈을 독립적으로 움직일 수 있어 전체적인 환경을 주의 깊게 탐색할 수 있다. 이는 카멜레온이 위험을 미리 감지하고 적절히 대처하기 위해 모든 방향을 확인하는 행동으로 이어진다. 이는 자신을 보호하고, 최적의 길을 찾기 위한 행동이다.

마찬가지로, 우리도 중요한 결정을 내리거나 새로운 일을 시작할 때는 충분히 생각하고, 모든 가능성을 검토해야 한다. 카멜레온처럼 신중하게 상황을 살피는 것은 단지 위험을 피하는 것뿐만 아니라 더 좋은 기회를 찾기 위해서도 필요하다. 주위를 잘 살피면 예상치 못한 좋은 기회를 발견할 수도 있다. 이는 우리의 목표를 더 효율적으로 달성하는 데 도움이 된다.

305

사람들에게 폭풍을 일으킨 의사는
자신의 집이 파괴되는 것을 막을 수 없다

A doctor who invoked a storm on his people
cannot prevent his house from destruction

나이지리아 격언

물리적으로 폭풍을 일으킬 수 있는 의사는 현실적으로 존재하지 않지만, 이 격언에서 '폭풍을 일으킨 의사'는 비유적인 표현으로 사용된다. 여기서 '폭풍'은 어떤 사람의 행동이나 결정이 불러일으킨 큰 문제나 혼란을 상징한다.

특정 사람이 의도적이든 아니든 자신의 행동으로 인해 큰 파장을 일으키게 되었을 때, 그 결과는 결국 자신의 삶에도 부정적인 영향을 미칠 수 있다는 것이다. 따라서 우리의 행동이 불러올 결과를 신중하게 생각하고, 그 결과에 대한 책임을 지며, 예측 불가능한 상황에 대비하는 지혜를 가져야 한다.

우리의 친구의 친구들은
우리의 친구다

The friends of our
friends are our friends

콩고 격언

　이 격언은 사회적 관계와 상호작용을 통해 새로운 친분을 형성하고 네트워크를 확장할 수 있다는 메시지를 전달한다.

　우리는 서로를 통해 다른 사람들과 연결되고, 우리 친구들과의 관계를 통해 새로운 친분을 형성할 수 있다. 이는 상호작용과 관계 형성을 통해 사회적 지지와 협력을 구축할 수 있다는 의미이다. 우리가 가진 친구들과 친분이 있는 사람들은 우리에게도 친분이 있는 사람들이다. 우리의 친구들이 또 다른 사람들과 좋은 관계를 맺고 있다면, 그들은 우리에게도 친밀감과 신뢰를 가질 것이다. 모르는 사람 열명만 건너도 자신과 아는 사람이 연결된다.

잘 익은 멜론은 무거워서
나무에서 떨어지게 된다

A ripe melon is heavy
and falls off the tree

아프리카 격언

이 격언은 성숙함이나 완성됨은 자연스럽게 드러나고, 그 결과는 저절로 이루어진다는 의미를 담고 있다.

자연의 이치에 따라 멜론이 충분히 익으면 나무에서 떨어지게 되는 것처럼, 사람의 노력이나 성과도 충분히 성숙하면 결실을 맺게 된다. 그 과정이 충실히 이루어졌다면, 결과는 자연스럽게 따라오게 되는 것이다. 따라서 우리는 인위적으로 결과를 서두르거나 조작하려 하지 말고, 자연스럽게 이루어지도록 기다리는 지혜를 배워야 한다. 또한 우리는 꾸준한 노력과 성실함으로 과정을 충실히 이행해야 하며, 그 결과는 자연스럽게 따라오리라는 믿음을 가져야 한다.

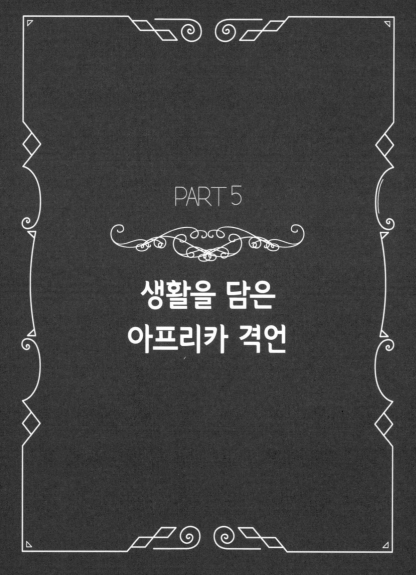

PART 5

생활을 담은
아프리카 격언

차려진 음식에는
주인이 없다

The food which is prepared
has no master

말라가시 격언

아프리카 사람들은 있으면 나누어 먹기를 좋아하고 베풀며 산다.
이 격언은 음식에 대한 소유권이나 지적재산권에 대한 경각심을 일
깨워 준다. 만들어진 음식은 주인이 없다는 것을 의미한다. 즉, 누구
나 음식을 만들어서 먹을 수 있으며, 그 음식에 대한 소유권이나 지
적재산권은 없다는 것을 강조한다. 이 격언은 공유의 문화와 음식에
대한 대우를 중시하는 문화권에서 유래한 것으로, 음식을 나누고 공
유하는 가치를 강조한다.

태어나지 않은
아이의 이름을 지을 수 없다

You cannot name

a child that is not born

아프리카 격언

이 격언은 미래에 대한 걱정이나 예상에 시간을 낭비하는 것보다 현재에 집중하여 현재의 문제나 목표를 해결하고 준비하는 것이 중요하다는 것을 강조한다.

우리가 아직 일어나지 않은 일에 대해 과도한 걱정이나 예상하는 것은 무익하며, 현재에 집중하지 않으면 미래에 대비할 수 없다. 어떤 결정이나 행동에는 현실적인 기준과 근거가 필요하다. 태어나지 않은 아이의 이름을 정한다는 것은 행동이나 결정에 앞서서 실제로 존재하지 않는 상황에 대해 미리 판단하고 결정하는 것과 같다. 그것은 비현실적인 일이다. 그러므로 우리는 현재에 집중하고 현재의 행동과 결정이 중요하다는 것을 알아야 한다. 생각없이 앞서나가지 말아야 한다.

시냇물의 불평을
개구리들이 들을 것이다

Frogs will hear the stream's

complaints

모잠비크 격언

개구리는 한 마리가 울기 시작하면 떼를 지어 함께 운다. 그 울음
소리는 순식간에 사방에 퍼진다. 개구리들의 합창이 시작된 것이다.
이 격언은 말 한마디가 모든 곳에서 전해질 수 있다는 것을 비유적으
로 나타낸 것이다. 우리가 하는 말에는 책임이 따르며, 우리의 언행
이 주변에 영향을 미치기 때문에 신중하게 말을 선택하고 행동해야
한다는 뜻이다.

비난이나 악플 등을 퍼뜨리는 것은 그것이 전체적으로 순식간에
사방에 알려질 가능성이 있다. 그 결과는 악플의 피해자는 돌이킬
수 없는 상처를 입게 된다. 그 행동을 한 사람은 반드시 그 책임이 돌
아올 수 있음을 주의해야 한다. 다른 사람을 비난하거나 악마로 만
들기보다는 서로 존중하고 상호 간의 이해를 높이기를 바란다. 악플
금지다.

어린이에게 달을 보이면
당신의 손가락만 본다

When you show the moon to a child,
it sees only your finger

잠비아 격언

이 격언에서 어린이는 달보다는 손가락을 보는데, 이는 우리들의 시선이 본질보다는 주변적인 것에 더 관심이 있다는 비유이다.

우리는 때로는 중요한 것을 간과하고 사소한 것에만 집착하여 전체 상황을 제대로 이해하지 못한다. 이는 현실을 왜곡하거나 오해하게 될 수 있는 위험을 내포한다. 달을 보지 못하고 손가락만 본다고 해도, 달을 이해할 수 있도록 노력해야 한다. 우리는 본질적인 것에 집중하고, 사소한 것에만 급급하지 않아야 하고, 삶의 본질을 이해하고 중요한 가치를 발견하기 위한 노력을 해야 한다.

이미 불에 탄 나무에
불을 붙이는 것은 어렵지 않다

Wood already touched by fire
is not hard to set alight

아프리카 격언

이 격언은 이미 어떤 변화나 영향을 받은 사물이나 상황에 대해 추가적인 변화나 영향을 주는 것이 비교적 쉽다는 것을 뜻한다.

불에 탄 나무는 이미 가열되고 변화가 일어난 상태이기 때문에 불이 붙이기 쉬운 상태이다. 추가적인 도전이 쉬울 수 있다. 이미 변화를 겪은 상황에서 더 나은 결과를 얻기에 적절할 수 있는 것이다. 우리가 어떤 상황에 영향을 주기 위해서는 이전의 변화나 경험을 적절하게 활용하는 것이 중요하다.

계란 바구니를 들고 다니며
춤을 추지 마라

Don't carry an egg
basket and dance

암베데 격언

계란은 부딪히거나 넘어지면 깨지기 쉽다. 여기서 춤을 추는 것은 열정과 즐거움을 표현하는 것이지만, 계란을 들고 춤을 추면 계란이 깨질 위험이 있다. 행동할 때 현명하고 신중하게 해야 하는 것이다. 때로는 즐거움이나 열정도 지나치면 해가 된다. 우리의 행동이나 열정이 예기치 못한 결과를 초래할 수 있으므로, 안전하고 책임감 있는 행동이 중요하다. 어떤 일을 할 때는 차분하고 신중하게 행동해야 한다. 계란을 한 바구니에 넣는 것은 위험하다.

말은 적게 하고
많이 들어야 한다

One must talk little
and listen much

아프리카 격언

이 격언은 대화와 소통에 대한 지혜를 담고 있으며, 말을 적게 하는 것은 자기표현을 조절하고 상대방의 의견과 이야기에 더 많은 관심과 주의를 기울이는 것을 의미한다. 상대방의 이야기를 귀 기울여 듣고 이해하는 것은 상호 간의 이해와 신뢰를 구축하는 데 도움이 되며, 의견의 충돌이나 오해를 방지할 수 있다. 말을 적게 하고 들으면서 상대방을 존중하고 소중히 여기는 태도를 보여줌으로써, 서로 사이에 긍정적인 관계를 형성할 수 있다. 이는 상대방과의 소통을 원활하게 하고, 서로의 생각과 감정을 이해하고 받아들일 수 있는 기회를 제공한다. 그리고 다른 사람들의 경험과 지식을 듣는 것은 자기 성장과 학습에도 큰 도움이 된다.

비는 오직 한 집 지붕에만
내리지 않는다

Rain does not fall on
one roof alone

아프리카 격언

이 격언은 어떤 사건이나 상황이 한 사람에게 영향을 주면 그 영향은 주변 사람들에게까지 확산된다는 의미이다.

우리의 행동이 다른 사람들에게 영향을 미치고, 그들의 삶에 영향을 주는 것을 인식해야 한다. 우리가 하나의 커뮤니티나 사회 구성원으로 연결되어 있기 때문에, 우리의 선택과 행동이 다른 사람들과 그들의 생활에 영향을 미칠 수 있다. 우리는 다른 사람들과 상호작용하면서 서로에게 영향을 주고받는다. 따라서 우리는 우리의 행동이 다른 사람들에게 어떤 영향을 미칠지 신중히 생각하고, 상호 존중과 배려를 바탕으로 행동해야 한다.

가치 없는 자에게 비밀을 털어놓는 것은
구멍 난 자루에 곡식을 담는 것과 같다

Confiding a secret to an unworthy person is
like carrying grain in a bag with a hole

아프리카 격언

이 격언은 비밀은 특별한 정보이며, 이를 신뢰할 수 있는 사람과만 공유해야 한다는 의미이다.

비밀은 신뢰를 기반으로 이루어지는데, 가치 없는 사람에게 비밀을 털어놓으면 그 사람은 비밀을 이용하거나 유출할 수 있으며, 우리는 상황의 악화나 손실을 겪을 수 있다. 가치 없는 사람에게 비밀을 털어놓으면 신뢰가 훼손될 수 있다. 따라서 지혜롭게 비밀을 다뤄야 하고, 신뢰할 수 있는 사람에게만 정보를 공유함으로써 안전한 환경을 유지할 수 있다. 현대는 신뢰사회이다.

하나의 거짓은
천 가지의 진실을 망친다

One falsehood spoils
a thousand truths

아프리카 격언

이 격언은 거짓 정보의 퍼지고 확산에 따라 수천 개의 진실과 정확한 정보가 훼손되고 왜곡될 수 있다는 것을 의미한다.

정보의 홍수시대에 살고 있는 우리는 언제나 사실에 기반하여 판단하고 결정을 내려야 하며, 거짓 정보를 조심하고 비판적으로 접근해야 한다. 하나의 거짓 정보가 전체적인 인식과 판단에 영향을 미칠 수 있기 때문이다. 거짓 정보나 잘못된 믿음이 퍼지면 그것을 믿는 사람들은 그에 기반한 판단과 결정을 내리게 되고, 결과적으로 다른 사람들에게도 영향을 미치게 된다. 따라서 우리는 거짓 정보에 속지 않고, 진실을 찾고 전파하는 데 주의를 기울여야 하며, 다른 사람들도 정확한 정보를 받을 수 있는 환경을 조성해야 한다. 정보는 교차 검증해야 한다.

미약한 노력으로는
자아가 충족되지 않는다

A feeble effort will not
fulfill the self

아프리카 격언

우리가 어떤 목표를 이루기 위해서는 많은 의지가 필요하며, 지속적인 노력과 헌신이 필요하다. 의지가 약하면 목표에 대한 열정과 헌신을 갖추지 못하고, 노력도 부족하게 된다. 이러한 상황에서는 원하는 성취나 자기실현을 이루기 어렵다. 미약한 노력은 성취감과 만족감을 가져오지 못한다. 오히려 미약한 노력은 실패나 불만족을 가져올 수 있다. 따라서 우리는 목표를 설정하고 그에 대한 열정과 투지를 가지며, 의지와 노력을 통해 스스로를 이루어 내고자 하는 결심을 가져야 한다. 후회 없이 노력해야 한다.

어리석은 사람들은
천사도 두려워하는 곳에 서둘러 들어간다

Fools rush in where
angels fear to tread

아프리카 격언

이 격언은 어리석은 사람들은 위험하거나 어려운 상황에 무모하게 돌진하는 경향이 있다는 것을 비유적으로 나타낸다.

천사는 신성하고 현명한 존재로서 위험한 곳에 들어가지 않으며, 위험을 경계한다. 이처럼 현명한 사람들은 위험한 상황에서는 신중하게 접근하며, 자신의 판단과 결정에 신중을 기하지만, 어리석은 사람들은 위험을 제대로 평가하지 못하고 경계심이 부족하여 쉽게 잘못된 선택을 한다. 경험 없이 무모한 행동이 위험을 초래하는 것이다. 따라서 우리는 상황을 올바르게 판단하고 행동해야 한다.

시간은 아무도
기다리지 않는다

Time waits for

no one

아프리카 격언

이 격언은 시간은 소중하고 한정된 자원이기 때문에, 시간을 놓치지 않고 적극적으로 활용하여 목표를 달성하고 성취를 이루어야 한다는 의미를 담고 있다.

누구에게나 시간은 공평하다. 시간이 흐르고 변화하는 것은 우리의 의지와 관계없이 계속된다. 시간은 우리를 기다리지 않는다. 끊임없이 흘러가며, 멈추거나 되돌릴 수 없다. 우리는 시간을 통제하거나 조절할 수 없다. 그러므로 빠르게 변화하는 세상에 적극적으로 행동하고 대처해야 한다. 지금도 시간은 계속 흐르고 있다. 지금의 시간을 낭비하지 말아야 한다.

비밀이나 숨겨진 사실은
결국 밝혀지게 마련이다

Secrets or hidden facts
eventually come to light

아프리카 격언

이 격언은 사람들이 숨긴 것이나 비밀이 영원히 숨겨질 수 없고, 언젠가는 드러나게 된다는 의미를 담고 있다.

누구도 비밀을 영원히 감출 수는 없다. 비밀을 가지고 있으면서도 그것이 영원히 숨겨질 것이라고 믿는 것은 자만심과 오만한 태도이다. 언젠가는 그 비밀이 드러나고 밝혀질 것이므로, 거짓말이나 숨김이 아닌 정직하고 투명한 태도를 유지하는 것이 중요하다. 비밀을 감추거나 숨기는 행동은 언젠가는 후회와 문제를 초래하기 때문이다. 세상에 영원한 비밀은 없다.

헛간에서 죽은 염소는
결코 굶어 죽은 것이 아니다

A goat that dies in a barn
was never killed by hunger

아프리카 격언

이 비유적인 격언은 어떤 상황이나 결과가 단 하나의 원인으로만 설명되는 것이 아니라, 여러 가지 요인이 복잡하게 얽혀 있는 경우를 담고 있다. 헛간에서 죽는 염소는 먹을 것이 충분히 제공되는 환경에서 굶주림으로 인해 죽는 것이 아니라, 다른 이유에 의해 죽은 것으로 그 이유는 다양한 요인이 겹쳐서 발생했다는 것을 뜻한다.

단순한 원인과 결과의 관계에만 의존하는 것은 부적절하며, 현상이나 결과를 이해하기 위해서는 복잡한 상황과 다양한 영향 요소를 고려해야 한다. 어떤 일이 발생하거나 결과가 나타날 때는 여러 가지 원인과 조건이 상호작용하여 그 결과가 나타난다는 것을 인식해야 한다.

호박 줄기에 물이 어떻게 들어갔는지
누가 알 수 있겠는가?

Who knows how water entered
into the stalk of the pumpkin?

아프리카 격언

이 격언은 어떤 일이 발생한 원리나 과정을 이해하기 어렵거나 설명하기 어렵다는 것을 의미한다.

호박 줄기에 물이 어떻게 들어갔는지 정확한 답을 알 수 없는 것처럼, 우리가 관찰하거나 경험하는 일상적인 현상 중에서도 이해하기 어려운 부분이 있을 수 있다. 때로는 자연 현상이나 복잡한 사건처럼 우리가 이해하기 어려운 현상에 대해 질문을 던지고, 단순한 답이나 해석만으로 현상을 설명하기 어렵다는 것이다. 따라서 우리는 지식의 한계를 인식하고 겸손하게 학습하고 탐구하는 태도를 가져야 한다. 세상에는 불가사의한 일도 가끔 일어난다.

귀머거리에게 경례하라,
하늘이 듣지 않으면 땅이 들을 것이다

Salute the deaf, if the heavens don't hear,
the earth will hear

아프리카 격언

　우리가 어떤 상황에서도 다른 사람을 무시하지말고 모든 사람을 존중하고 예의를 갖추어야 하며, 그렇지 않으면 부정적인 결과를 초래할 수 있다는 의미의 격언이다.

　귀머거리에게 경례하는 것은 사소한 일처럼 보일 수 있지만, 이는 예의 바른 태도를 보이는 것으로, '하늘이 듣지 않으면 땅이 들을 것이라는 표현'은 무시된 예의가 보복을 일으킬 수 있다는 것을 의미한다. 이는 상호작용과 대화에서 상대방을 무시하거나 모욕할 경우 그에 따른 부정적인 결과를 경고하는 것이다. 따라서 어떤 상황에서도 다른 사람을 무시하거나 모욕하지 말아야 하며, 존중과 예의를 잃지 않는 것이 중요하다. 남을 깔보면 큰코 다친다.

가난한 사람은 'Omeokachie'라는
칭호를 얻지 못한다

An indigent does not
take the title of "Omeokachie"

아프리카 격언

이 격언에서 'Omeokachie'는 무엇이든 손을 대면 완수하는 능력을 가진 사람을 가리키는 칭호다. 이것은 능력과 결단력을 나타내며, 어떤 일이든 성공적으로 수행하는 능력을 갖춘 사람을 의미한다. 빈곤한 사람은 보통 그러한 능력과 결단력을 갖추지 못하기 때문에 'Omeokachie'라는 칭호를 얻을 수 없다.

어려움에 처한 사람들이 자신의 상황을 극복하고 성취하기 위해서는 노력과 능력을 발휘해야 한다. 자신의 상황을 개선하고 더 나은 삶을 살기 위해서는 노력과 결단력이 필요하며, 그러한 힘을 가진 사람들만이 성공과 칭호를 얻을 수 있다.

나는 다른 음악가들을 만날 것을 기대하며
항상 내 악기를 가지고 다닌다

I always carry my instrument in anticipation of
meeting other musicians

아프리카 격언

이 격언은 기회는 예상치 못한 순간에 찾아올 수 있으며, 그 순간을 잡기 위해서는 항상 준비된 상태여야 한다는 의미이다. 음악가로서 자신의 악기를 항상 가지고 다니는 것은 언제든지 연주할 준비가 되어 있다는 뜻이다.

이는 단지 음악가에 국한되지 않고, 어떤 분야에서든 준비되어 있는 사람만이 기회를 잡을 수 있다. 우리는 자신이 하는 일에 대한 열정과 끊임없는 노력이 필요하다. 기회는 언제든지 올 수 있으며, 그 기회를 잡기 위해서는 항상 준비된 상태로 있어야 한다. 항상 깨어 있어야 한다.

바보로 여겨지는 사람이 제 아버지 집에서
함께 잔다면 그 사람은 바보가 아니다

A person who's considered a fool in my father's house
If you sleep with him, he's not a fool

아프리카 격언

사람들의 평가나 외부의 판단이 항상 진실을 반영하는 것은 아니며, 특히 가까운 사람들에 의해 진정한 가치나 능력이 드러날 수 있음을 의미하는 격언이다.

사람들은 종종 외모나 첫인상, 또는 겉으로 드러나는 행동만 보고 다른 사람을 판단하지만 그런 판단은 피상적일 수 있으며, 진정한 가치는 그 사람의 내면이나 실제 행동에서 드러난다. 그래서 가족이나 가까운 사람들은 그 사람의 본질과 진정한 모습을 가장 잘 이해한다. 그러므로 아버지 집에서 함께 잔다는 것은 그 사람이 실제로 바보가 아니라는 증거로 볼 수 있다. 따라서 사회적 편견이나 선입견에 의해 형성된 평가보다는, 진정한 관계와 신뢰를 통해 얻어진 평가가 더 중요하다. 사람은 겪어봐야 한다.

밤에 배설을 하는 사람들만이
유령 메뚜기를 본다

Those who defecate at night see
the ghost grasshopper

아프리카 격언

어떤 일이나 상황에 대해 경험이나 이해가 있는 사람들만이 그것을 올바르게 인식하거나 파악할 수 있다는 의미이다. 밤에 배설하는 사람들은 환경이 어둡고 조용해져서 다른 사람들보다 주변 상황을 더 잘 관찰할 수 있으며, 따라서 유령 메뚜기를 볼 수 있다는 것을 은유적으로 나타내고 있다.

이 격언은 일상적인 상황에서도 동일하게 적용될 수 있다. 어떤 지식이나 경험이 있는 사람들은 특정한 상황에서 더 민감하게 인지하고 이해할 수 있으며, 그에 따라 올바른 판단과 행동을 할 수 있다. 지식과 경험이 중요하며, 그것을 가진 사람들이 더 나은 결과를 얻을 수 있다는 것을 강조한다.

뱀이 독을 보여주지 않는다면,
아이들은 그 뱀을 장작 묶는데 사용할 것이다

If a snake fails to show its venom,

little kids will use it in tying firewood

아프리카 격언

이 격언은 자신의 능력이나 위험성을 적절히 드러내지 않으면 다른 사람들이 그 가치를 모르거나 무시할 수 있다는 의미를 담고 있다.

뱀이 독이 있다는 사실을 드러내지 않으면, 사람들은 그 뱀이 위험하다는 것을 알지 못하고 함부로 다루게 되듯이, 자신이 가진 능력이나 강점을 숨기고만 있으면, 다른 사람들은 그것을 알아차리지 못하고 과소평가할 수 있다. 따라서 자신의 능력을 적절히 표현함으로써 다른 사람들이 존중하고 적절히 대우할 수 있게 해야 한다. 자신이 존중받기 위해서는 적절한 자기표현이 필요한 것이다. 21세기는 자기 PR시대다.

너무 적은 것보다는
좀 적은 것이 낫다

It's better to have a little less
than too little

카메룬 격언

이 격언은 극단적으로 부족한 상태보다는 약간 부족한 상태가 더 낫다는 뜻이다. '너무 적은 것'은 극단적으로 부족한 상태를 나타내며, 이는 필요한 최소한의 것조차도 충족되지 않는 상태를 의미한다. 이러면 빈곤한 상태가 되는 것이다. 반면에 '좀 적은 것'은 완전히 충족되지는 않았지만, 기본적인 필요는 대부분 충족되는 상태를 뜻한다. 이것은 균형 잡힌 상태가 되는 것이다. 따라서 완벽하지 않더라도 어느 정도 만족할 수 있는 상태를 추구하는 것이 중요하다는 교훈이다.

물질 과소비 시대를 살고 있는 우리에겐 너무 많은 것, 과욕을 추구하기보다는 필요한 만큼만 가지고, 약간의 부족함을 받아들이는 비움의 지혜를 가질 필요가 있다. 요즘 미니멀리즘이 유행한다고 한다.

밤[夜]에는
귀가 있다

The night
has ears

마사이 격언

이 격언은 어두운 시간이나 비밀스러운 상황에서도 누군가가 듣고 있을 수 있으니 조심하라는 비유적인 의미를 담고 있다.

어두운 밤은 비밀이나 사적인 대화를 나누기에 적합해 보일 수 있지만, 실제로는 그렇지 않다. 조용하고 어두운 밤에는 소곤거리는 소리도 더 잘 들린다. 비밀스럽거나 사적인 대화를 나누는 상황에서도 예상치 못한 누군가가 듣고 있을 수 있다. 비밀이나 중요한 이야기를 할 때는 언제나 주의하고 경계해야 한다. 아무리 은밀한 상황이라고 해도 말과 행동에 신중을 기해야 하며, 언제 어디서든 누군가가 듣고 있을 가능성을 염두에 두고 조심해야 한다. 비밀을 지키려면 방심하지 말고 항상 경계하는 태도를 가져야 한다.

우리 아내는 자정이 되면
그녀가 누구의 아내인지 알게 될 것이다

My wife will know whose wife

she is when midnight comes

아프리카 격언

이 격언은 어떤 상황이나 관계이든 시간이 지나면 결국 모든 것이 명확해지고, 진실이 드러난다는 것을 의미한다. 여기서 자정은 낮과 밤이 바뀌는 중요한 전환점을 나타낸다. 이는 인생의 중요한 순간이나 변화의 시점에서 진정한 모습이나 관계가 드러난다는 것을 뜻한다. 시간이 지나면서 사람의 진정한 성격이나 의도가 드러나게 되므로, 항상 성실하고 정직하게 행동하는 것이 중요하다는 교훈이다.

손님이 문제가 되지 않기를 바란다
불만을 갖고 가시지 않기를 빈다

We hope that your guests won't be a problem
I hope they don't leave with any complaints

아프리카 격언

이 격언은 방문객이 떠날 때 불편한 기분이나 악감정을 갖지 않도록 하자는 의미이다. 이것은 방문객과의 관계에서 일어날 수 있는 갈등이나 불화를 막고, 서로 간의 호감과 존중을 유지하려는 의지를 나타낸다. 이 격언은 좋은 관계를 유지하고 방문객과의 상호작용을 원활하게 만들기 위해 서로를 배려하고 존중해야 한다는 메시지를 전달한다.

작은 개구리가 자신의 굴에 들어오는 것보다 더 큰 무언가가 들어오면 개구리가 도망친다

When something bigger comes in than a small frog
coming into its den, the frog runs away

아프리카 격언

이 격언은 자신의 한계를 인식하고 안전을 지키기 위해 적절히 대응하는 지혜를 강조한다.

작은 개구리는 자신보다 큰 존재가 자신의 영역에 들어오면 본능적으로 위험을 느끼고 도망친다. 이는 두려움에 대한 자연스러운 반응으로, 생존을 위한 본능적인 행동이다. 이처럼 우리도 자신이 감당할 수 없는 상황에 직면했을 때, 만용을 부리지 않고 현명하게 대처하는 지혜가 중요하다. 그러려면 자신의 한계와 상황을 올바로 인식하는 것이 선행돼야 한다.

바다는 다리를 집어넣지 않은 사람은
삼키지 않는다

The sea doesn't swallow anyone
who hasn't put his legs in

아프리카 격언

이 격언은 성공을 위해서는 적극적인 참여와 노력이 필요하다는 의미를 담고 있다. 성공을 하려면 어떤 일이나 상황에서 노력과 참여가 필요하다. 기회라는 바다에 노출되어 있지만, 위험을 두려워하며 다리를 집어넣지 않은 사람은 바다가 그를 삼키지도 않는다. 행동하지 않으면 기회도 없으며, 아무런 결과도 얻을 수 없는 것이다. 따라서 우리가 기회를 얻어 성공하기 위해서는 도전적인 적극적 행동을 취해야 한다. 수영선수가 되려면 물속으로 들어가야 한다.

경건한 수호자 앞에서 걷는 자는
일생의 경주를 한다

He who walks before his godly
guardian does the race of his life

아프리카 격언

이 격언은 선량하고 도덕적인 행동을 실천하는 사람은 자신의 행동과 인격에 대해 책임을 진다는 의미를 담고 있다. '경건한 수호자'는 도덕적이고 선량한 가치를 지닌 상상 속의 존재를 뜻한다. 이러한 존재 앞에서 걷는다는 것은 자신의 행동이나 선택이 도덕적이고 선량해야 함을 시사한다. 우리의 선택과 행동이 결국 인생의 결과를 결정한다는 것이다.

따라서 선량한 행동을 실천하는 것이 비록 어려움과 시련이 따를 수 있지만, 그럼에도 불구하고 우리의 인격과 삶의 의미를 결정짓는 중요한 과제임이 분명하다. 우리가 선택하는 행동은 우리의 삶과 인격에 영향을 미치기에, 도덕적으로 옳은 길을 선택하고 이를 실천해야 하는 것이다.

닭이 방귀를 뀌면
땅이 불편하다

The ground is uncomfortable
when a chicken farts

아프리카 격언

이 격언은 비유적으로, 작고 사소한 일이나 행동이 때로는 예상치 못한 결과나 불편을 초래할 수 있다는 것을 의미한다.

우리는 어떤 행동을 할 때 항상 자각하고 조심해야 한다. 어떤 일이든 작은 것이라도 그 결과를 충분히 고려하고 생각하며 행동해야 하며, 그 영향을 간과하지 말고 가능한 한 예방하고 대비하여, 작은 문제가 큰 문제로 이어지지 않도록 주의를 기울여야 한다. 우리가 일상생활에서 무심코 하는 작은 일들이 예기치 못한 결과를 초래할 수 있다.

코끼리를 삼킨 강 옆으로 거북이가 날아갈까,
아니면 그냥 뛰어넘을까?

Does the turtle fly by the river that swallowed the elephant,
or does it just jump over it?

아프리카 격언

이 격언은 불가능한 상황에서의 기대나 희망에 대해 비유적으로 이야기한다. 강이 코끼리를 삼켰다는 것은 매우 어려운 상황이나 거대한 문제를 의미한다. 거북이는 이런 불가능한 상황에 대해 어떻게 대처할 것인지를 상상하고 준비하는 것으로 비유된다. 거북이는 강을 날아넘거나 뛰어넘을 수 없다. 그렇기 때문에 이는 비현실적인 상황을 나타내며, 우리가 어떻게 불가능한 상황에 대처할지를 고민하고, 새로운 방식이나 관점을 찾아내어 문제를 해결해야 한다는 의미의 격언이다.

당신의 땔감을 거절한 숲이
당신의 목을 어루만져 주었다

The forest that refused
your firewood caressed your neck

아프리카 격언

이 격언은 때로 거절이나 반대로 인해 우리가 상처를 받을 수 있지만, 그것이 우리를 더 나은 상황으로 이끌어 줄 수 있다는 의미를 담고 있다.

우리는 거절이나 반대로 인해 상처를 받을 수 있지만, 나중에는 그것이 우리를 보호하거나 이로움을 줄 수 있다. 때로는 우리가 선택한 길이나 행동이 우리에게 어려움을 주거나 실패로 이어질 수 있지만, 그것이 우리를 더 나은 방향으로 이끌거나 보호해 줄 수도 있다. 이러한 관점에서 보면, 거절이나 실패도 우리에게 새로운 기회나 방향을 제시해 주는 역할을 한다. 따라서 우리가 누군가로부터 이해하기 어려운 상황이나 결정을 받았더라도 실망하지 말고 희망을 가져야 한다.

술취한 닭이 미친 여우를 만났더라면
어찌 되었을까?

What would have happened if
a drunk chicken had met a crazy fox?

아프리카 격언

이 격언은 상상력을 자극하는 재미있는 질문이다. 술에 취한 닭이 미친 여우를 만났다면, 그 상황은 매우 위험하고 예측하기 어려울 것이다. 닭은 술에 취해서 정신이 멀쩡하지 않은 상태이기 때문에 여우의 위협을 제대로 대처하기 어렵기 때문이다. 미친 여우는 닭을 먹으려 할 것이고, 술에 취한 닭은 스스로를 보호할 수 있는 능력이 없을 것이다.

이 짧은 질문은 무분별하거나 부주의한 태도는 부정적인 결과나 위험에 노출될 수 있다는 것을 상기시킨다. 책임감 있고 경계심 있게 행동하고 환경을 인식하여 잠재적인 위험이나 위협을 피할 수 있도록 권장한다. 맑은 정신을 유지하고 행동과 주변 환경에 주의를 기울여야 한다는 중요성을 시사한다.

남편의 다른 부인이 큰 부인의 동생

여자 부인으로부터 인사를 받았다고 해서

그녀를 시누이처럼 여기지는 않는다

*Just because the husband's other wife was politely greeted by the older wife's
younger sister-in-law doesn't mean she's considered a sister-in-law*

아프리카 격언

이 격언은 아프리카 복잡한 가족관계에서 관계의 복잡성과 겉으로 보이는 행동 이상의 진정한 연결의 중요성을 담고 있다. 인간관계의 복잡성을 얘기하며, 겉으로 보이는 상호작용이나 형식에만 의존하는 것보다 진정한 연결은 깊은 관계와 의미 있는 상호작용을 필요로 한다는 것을 시사한다.

진정한 자매 같은 관계나 친족관계는 표면적인 예의나 행동 이상으로 이루어진다. 다부모 가정에서 여러 아내를 두는 상황이라면, 아내들 사이에 진정한 자매처럼 느껴지는 관계를 형성하기 위해서는 사회적 예절이나 예의만으로는 충분하지 않을 수 있다. 진정한 자매간 관계는 표면적인 예의나 행동 이상으로 상호 간의 존중, 이해, 공유된 경험에 기반을 두어 형성되기 때문이다.

꽃이 피는 나무 주변에는
많은 곤충들이 있다

Around a flowering tree
there are many insects

기니 격언

이 격언은 자연과 사회의 상호의존성과 협력의 중요성을 강조하는 말로서, 자연과 사회의 복잡한 관계와 생물 다양성을 이해하고 존중하는 의미를 담고 있다.

꽃이 피는 나무 주변에는 많은 곤충들이 존재하는 이유는, 꽃의 꿀을 먹거나 꽃의 꽃가루를 수분 지키는 역할을 하며 서로가 도움이 되기 때문이다. 마찬가지로 우리는 사회라는 나무 주변에서 친구, 가족, 동료 등 다양한 사람들과의 관계를 통해 서로에게 도움을 받고 성장할 수 있다. 이러한 상호 의존성을 이해하고 존중한다면 우리는 더 건강한 사회를 유지할 수 있다. 따라서 서로의 특성과 장점을 존중하고 협력한다면 모두에게 이로울 뿐만 아니라 사회 전체의 번영을 이루는 데 도움이 될 것이다.

그는 큰 소리를 내지만
속이 비어있는 북과 같다

He is like a drum which makes a lot
of noise but is hollow inside

수단의 격언

이 격언은 어떤 사람이나 상황이 외부적으로는 화려하거나 소리가 크게 나지만, 본질적으로는 내용이나 가치가 없는 경우를 나타낸다. 예를 들어, 어떤 사람이 자신의 업적이나 성과를 자주 자랑하고 주변에 시끄럽게 알리지만, 실제로는 그 업적이나 성과가 사람들에게 큰 의미가 없거나 그의 능력이나 인격과는 상관이 없을 수 있다.

이런 사람들은 겉으로는 주목을 받고 눈에 띄지만, 실제로는 가치있는 것이 없는 존재로 여겨질 수 있다. 따라서 우리는 내면의 가치와 본질을 중시하고 겉치레나 외부적인 특징에만 의존하지 말아야 한다. 우리는 주변 사람들과의 관계에서 진정한 신뢰와 소중한 가치를 찾아야 하며, 겉멋이나 허세에 속아서는 안 된다. 허풍도 적당히 떨어야 하는 것이다.

음식이 준비되면
기다릴 필요가 없다

There is no need to wait
when the food is ready

키쿠유 격언

이 격언은 어떤 상황이나 기회가 오면 즉시 대처해야 한다는 의미를 담고 있다.

일반적으로 음식은 신선할 때 맛있고 영양가가 높다. 음식이 완성되었을 때 기다리지 않고 즉시 먹는 것은 맛과 영양을 최대한 활용하는 방법이다. 차려진 음식을 먹지 않고 너무 오래 기다리면 다른 사람이 먹거나 상하게 된다. 이처럼 때로는 우리에게 좋은 기회가 왔을 때 망설이다 놓치는 경우가 있다. 차려진 음식을 다른 사람이 먹은 것이다. 따라서 우리에게 차려진 음식이라는 기회가 오면 주저하지 말고 적극적으로 행동해야 한다.

개코원숭이는 태어난 곳에서
멀리 떨어져 있지 않는다

Baboons don't stray far from
where they were born

마사이 격언

이 격언은 개코원숭이는 출생지 근처에서 서로의 존재를 인식하고 서로 돌봄을 제공하는데, 이는 사회적 상호작용과 유대감을 통해 안전과 협력을 확보하는 것이라고 한다.

우리도 마찬가지로 출생지나 고향의 사회적 관계와 유대감을 통해 서로에게 지원과 보호를 주고받을 수 있다. 우리가 자라고 영감을 받은 곳, 가족과 친구들이 있는 장소는 우리에게 정체성과 안정감을 제공한다. 이러한 출생지나 고향은 우리의 삶에서 중요한 장소이며, 그 연결은 우리를 흔들리지 않게 하고 우리의 성장과 안정을 지원한다.

홀로 있는 사람은
외롭다

A person who is alone

is lonely

마사이 격언

　이 격언은 인간이 본질적으로 사회적 존재임을 의미한다. 사람은 기본적으로 다른 사람들과의 관계 속에서 살아간다. 우리는 가족, 친구, 동료와의 교류를 통해 기쁨을 느끼고, 어려움을 나누며, 서로를 돕고 위로받는다. 이러한 사회적 관계는 우리의 삶을 풍요롭게 하고, 정신적 안정과 행복을 준다. 하지만 혼자 있는 사람은 이러한 관계의 부재로 인해 외로움을 느낄 수 있다. 외로움은 단순히 물리적으로 혼자 있는 상태를 넘어서, 마음속 깊은 곳에서 오는 고독과 소외감을 가져온다. 우리가 인간관계를 소중히 여겨야 하는 이유이다. 우리는 혼자서 모든 것을 해결하려 하지 말고, 주변 사람들과 소통하고 도움을 주고받으며 함께 살아가야 한다. 이러한 관계를 통해 우리는 더 큰 행복과 만족을 느낄 수 있기 때문이다.

시간이 모든 것을
파괴한다

Time destroys

everything

나이지리아 격언

이 격언은 우리가 시간의 흐름을 피할 수 없으며, 모든 것이 시간에 따라 변하고 소멸한다는 사실을 깨닫게 해준다.

인류가 쌓아온 문명과 업적도 시간 앞에서는 영원하지 않다. 고대 문명들은 시간이 흐르면서 사라졌거나 잊혀졌다. 현대 문명도 언젠가는 시간이 지나면서 비슷한 운명을 맞이할 수 있다. 우리가 지은 건축물, 예술작품, 기술 등도 시간이 흐르면 쇠퇴하거나 사라지게 될 것이다. 이처럼 모든 것은 시간이 흐름에 따라 변화하고 소멸한다. 이는 우리가 무언가에 지나치게 집착하거나 고정된 것에 대해 과도한 기대를 가지면 안 되는 이유이다. 시간은 우리의 인생을 뒤집어 놓을 수 있으며, 우리가 가진 모든 것은 언젠가는 사라질 수 있다. 그러므로 우리는 삶과 현재의 순간을 소중히 여기고, 즐기는 것이 중요하다.

새는 조금씩
둥지를 짓는다

Birds build their nests
little by little

나이지리아 격언

이 격언은 큰 일이나 목표를 이루기 위해서는 작은 일부터 차근차근 시작해야 한다는 교훈을 담고 있다.

새는 둥지를 지을 때 한 번에 모든 것을 다 완성하지 않는다. 작은 나뭇가지나 잎사귀를 하나씩 물어 나르며 조금씩 둥지를 완성해 나간다. 이러한 과정은 많은 시간과 노력이 필요하지만, 결국 새는 튼튼하고 안락한 둥지를 만들게 된다. 이와 마찬가지로, 우리도 작은 단계들을 하나씩 밟아 나가면서 목표에 다가가는 것이 중요하다. 이러한 작은 성취들이 모여 결국 큰 목표를 이루게 되는 것이다. 한 번에 모든 것을 이루려 하기보다는, 꾸준히 노력하면서 조금씩 나아가는 것이 중요하다. 이는 우리의 삶과 일에서 실천할 수 있는 중요한 원칙이다.

용감한 사람은 한 번 죽지만,
겁쟁이는 천 번 죽는다

A brave man dies once,
but a coward dies a thousand times

소말리아 격언

이 격언은 용감함과 비겁함의 대조를 나타내며, 용기와 결단력을 가진 사람이 어려운 상황에서도 단호하게 대처할 수 있다는 것을 나타낸다.

용감한 사람은 위험을 감수하고 어려움을 극복하며, 자신의 원칙과 가치를 지키기 위해 희생할 준비가 되어 있다. 반면에 겁쟁이는 위험과 도전을 피하며, 어려움을 피해 가려고 한다. 그러나 그들은 자신의 결백과 안전을 위협하는 것을 계속해서 두려워하고 회피하며, 결과적으로는 내적으로 많은 번의 고통과 후회를 경험하게 된다. 따라서 우리는 삶의 도전에 직면할 때 용감하게 서서 현실에 대처하고, 어려움을 극복하는 데 필요한 용기와 결단력을 갖추어야 한다. 죽으려고 하면 살것이고, 살려고 하면 죽을 것이다.

다른 사람만이
당신의 등을 긁어줄 수 있다

Only someone else can

scratch your back

케냐 격언

이 격언은 상호의존성과 서로에 대한 도움의 필요성을 의미한다.

우리의 등은 스스로 긁기 어렵기 때문에 다른 사람의 도움을 필요로 하다. 즉, 우리가 삶에서 직면하는 많은 일들은 다른 사람의 도움 없이는 해결하기 어렵다. 자신의 능력만으로 모든 것을 해결하려는 태도는 때로는 한계에 부딪히기 마련이다. 우리가 살아가면서 겪는 문제들, 특히 우리 스스로 해결하기 어려운 문제들은 타인의 도움과 지원을 통해 해결될 수 있다. 그들이 우리를 도와줌으로써 우리는 문제를 더 쉽게 해결할 수 있는 것이다. 따라서 다른 사람의 도움을 기꺼이 받아들이고, 그들의 중요성을 인정하는 것이 필요하다.

구덩이에 있는 하이에나를
끄집어내는 것과 같다

It's like removing
a hyena from a pit

메루 격언

하이에나는 강하고 위험한 동물로, 구덩이에 빠진 상황에서 구출하려면 큰 용기와 신중함이 필요하다. 하이에나를 끄집어내는 것은 그저 일반적인 작업이 아니라 매우 어려운 작업이므로, 어려운 문제를 해결하기 위해서는 신중한 계획과 전략이 필요하다. 하이에나를 구덩이에서 끄집어내는 것은 혼자서는 거의 불가능하다. 다른 사람들과의 협력이 필수적이며 불굴의 의지와 결단력을 가지고 있어야만 성공할 수 있다.

이 격언은 어려운 일이나 위험한 상황을 비유적으로 나타내며, 그것을 해결하기 위해서는 노력, 신중함, 협력, 인내, 결단력 등의 다양한 능력과 자질이 필요하다는 것을 의미한다.

한 마리의 소가 소리를 지를 때,
그 소리는 모든 소들을 위한 것이다

When a cow screams,
the sound is for all cows

케냐 격언

한 마리의 소가 소리를 지를 때, 그 소리는 다른 소들에게 퍼지고 영향을 미치게 된다. 즉, 한 사람의 행동이 다른 사람들에게 영향을 주는 것과 유사하다. 소의 소리가 다른 소들에게 전해지듯이, 우리는 서로에게 영향을 주고받으며 상호작용하며 살아가는 사회적인 존재인 것이다. 따라서 우리의 행동은 다른 사람들에게 영감과 영향을 줄 수 있으며, 우리가 하는 말과 행동은 사회적인 동기부여와 변화를 일으킬 수 있다.

이 격언은 개인의 행동이나 소리가 다른 사람들 또는 집단에게 영향을 미친다는 것을 뜻한다. 우리에게 개인의 행동과 선택이 사회적인 영향을 미칠 수 있다는 것을 상기시키며, 상호의존성과 협력의 가치를 의미한다.

카멜레온은 땅에 색을 맞추지만,
땅은 카멜레온에 색을 맞추지 않는다

The chameleon matches its colour to the ground,
but the ground does not match its colour to the chameleon

세네갈 격언

카멜레온은 주변 환경에 따라 색을 변화시키는 능력을 가지고 있
다. 이는 적응력과 유연성을 상징한다. 우리도 주변 환경이 변할 때
유연하게 적응할 수 있어야 한다. 하지만 땅은 카멜레온의 색을 맞
추지 않는다. 이는 우리가 어떤 상황에서든 자신의 특성과 능력을
적절하게 발휘해야 한다는 것을 의미한다. 때로는 환경이 우리에게
맞추어지기를 기다리는 대신, 우리가 주도적으로 상황을 변화시키
고 적응하는 능력이 필요한 것이다.

화살이 깊게 박히지 않았다면,
그것을 뽑는 것은 어렵지 않다

If the arrow is not deeply lodged,
it is not difficult to pull it out

부르키나파소의 부리(불리) 격언

이 격언은 문제 상황에서 초기 대처의 중요성과 예방의 중요성을 강조하며, 어려움이 적을 때 즉각적으로 대처하여 더 큰 문제를 피하는 것이 바람직하다는 메시지를 전달한다.

일반적으로 문제나 어려움이 처음에 발생했을 때 즉각적으로 대처하면 그것을 해결하기가 쉽다. 화살이 깊게 몸에 박혔다면 제거가 어렵겠지만, 화살이 깊이 들어가지 않았다면 제거하는 것은 비교적 간단하다. 하지만 화살을 뽑지 않고 놔둔다면 상처는 곪아 터져 심각하게 될 것이다. 따라서 문제를 일찍 발견하고 해결하는 것의 중요하며 어떤 상황에서든 초기 단계에서 문제를 인식하고 조치를 취하면 더 큰 어려움을 피할 수 있다. 문제가 작고 단순한 상태에서 해결하면 뒤늦게 복잡해지는 일을 예방할 수 있다.

우리는 조상으로부터 땅을 물려받지 않고, 자식으로부터 땅을 빌렸다

We do not inherit the earth from our
ancestors we borrow it from our children

아프리카 격언

우리는 단지 잠깐 지구를 사용하는 임시 주민이며, 우리 자녀와 후손들에게 깨끗하고 건강한 지구를 넘겨주어야 한다. 우리는 지구를 존중하고 보호하는 환경적, 윤리적인 책임을 가지고 행동해야 한다. 이 격언은 지구의 자원과 환경을 존중하고 보호해야 한다는 메시지를 전달한다. 우리는 단지 현재 세대의 일부로서 지구를 이용하고 있으며, 앞으로 올 자녀들에게 그것을 넘겨주어야 한다는 것이다. 우리가 지구의 보호와 지속 가능한 관리에 대한 책임을 져야 한다는 의미도 내포하고 있다. 우리는 자연을 보호해야 한다.

아침 식사 전에 입을 닦지 않는 사람은
항상 음식이 시다고 불평한다

He who doesn't clean his mouth before breakfast
always complains that the food is sour

아프리카 격언

이 격언은 아침 식사 전에 입을 닦지 않는 사람은 자신의 부주의나 무책임한 태도로 인해 불편함을 겪는다는 것을 의미한다. 그러한 사람은 자신의 실수나 부주의한 행동을 타인이나 외부 요소에 돌리며 불만을 표현하는 경향이 있다. 우리는 자신의 행동과 준비에 대한 책임을 져야 하며, 일상적인 일에도 신중하게 대처해야 한다. 자신의 부주의한 태도나 행동으로 인해 발생하는 불만은 자신의 책임이므로, 자기 조절과 준비를 통해 그러한 상황을 피할 수 있다.

보름달이 아닐 때,
별들이 더 밝게 빛난다

When the moon is not full,
the stars shine more brightly

우간다의 부간다(Buganda) 민족 격언

이 격언은 종종 큰 것에 주목하고 놀라움을 느낄 때, 작은 것들을 간과하게 되는 우리의 경향을 강조한다.

보름달이 아닐 때는 별들이 더욱 빛나게 보인다. 이는 우리가 주목하지 않는 작은 것들이 실제로는 우리에게 큰 영향을 줄 수 있기 때문이다. 때로는 주변의 작은 성취나 소중한 순간들이 큰 관심을 받지 못하는 경우가 있다. 하지만 이러한 작은 것들이 우리 삶에 큰 의미를 갖고 있을 수 있다. 따라서 우리는 작은 것들에도 주의를 기울이고 그 가치를 인정하는 것이 중요하다. 연극에는 주인공만 있는 게 아니다.

흰개미집 꼭대기에서 태어난 사람들은
빨리 자라난다

Those who are born on top of the
anthill take a short time to grow tall

가나 격언

출생지나 출신은 개인의 성장과 성공에 영향을 미칠 수 있으며, 유리한 환경에서 태어난 사람들은 성장하는 데에 더 큰 이점을 가질 수 있다는 것을 나타낸다. 그러나 이는 개인의 노력과 열정도 함께 결합되어야 한다는 점을 간과해서는 안 된다. 이 격언은 기회와 우위의 중요성을 강조하며, 특정한 출신이나 우위의 상황이 개인의 성장에 영향을 미친다는 의미이다.

빈 냄비는
가장 큰 소리를 낸다

An empty pot makes
the loudest noise

케냐 격언

이 격언은 때때로 현실에서 허풍을 떠는 사람이나 빈말을 하는 사람들을 경멸하거나 조롱하기 위해 사용될 수도 있다. 그들은 자신의 능력과 지식이 없음에도 불구하고 큰 소리로 자신을 내세우는 경향이 있기 때문이다. '빈 냄비'는 아무런 내용이나 가치가 없는 상태를 나타내며, '가장 큰 소리를 내다'는 것은 말의 양이 많다는 것을 의미한다. 말이 많지만 실질적인 내용이 없는 사람들을 비판하며, 소리치지만 효과가 없다는 것을 알린다. 쓸데없는 소리는 하지 말아야 한다.

낯선 사람이 당신에게 온다면, 그의 무기를 치워둘 때 그가 배고프다는 것을 잊지 말라

If a stranger comes to stay with you,
do not forget when you lay aside his weapons that he is hungry

마사이 격언

이 격언은 환대와 대접에 있어서 타인의 필요와 상황을 고려하라는 메시지를 전달한다. 당신의 집이나 공간에 온 사람은 배고프고 어려움을 겪는 다며, 당신은 그 사람을 환영하고 도와줄 책임이 있다. '무기를 치워둘 때'는 그 사람이 당신과의 관계에서 방어적인 자세를 내려놓고, 상호작용을 시작할 때를 가리킨다. 이때, 그 사람이 배고픈 상태라면, 그의 필요를 인지하고 배려하는 것이 중요하다. 사람은 배가 고프면 스트레스를 받는다.

좋은 작물은
수확 때에 가서 알 수 있다

You'll know a good crop
when you see it at harvest time

리베리아 격언

작물이 성장하고 결과를 보여줄 때, 어떤 작물이 좋은 품질과 양을 가지는지 알 수 있다. 좋은 밀은 풍부한 수확량과 품질이 좋은 곡물로 나타나며, 그 결과를 통해 밀의 가치를 판단할 수 있다. 성공과 성과도 이와 같이 시간이 지나고 결과가 나타날 때 알려지는 것이다. 우리는 노력과 열정을 기울이고 결과를 기다려야 좋은 성과를 얻을 수 있다. 이 격언은 농업이나 다른 분야에서 노력과 수고의 결과를 기다려야 한다는 것을 알려준다.

가족 이름은 꽃과 같아서
무리 지어 피어난다

Family names are like flowers,
they blossom in clusters

아프리카 격언

이 격언은 가족의 중요성과 협력의 가치를 강조하며, 가족 구성원들이 서로를 지지하고 함께 성장함으로써 보다 강한 결속력을 형성할 수 있음을 나타낸다.

꽃 밭에 있는 꽃 한 송이만으로는 아름다움을 충분히 표현하기 어렵지만, 여러 꽃들이 모여 군락을 이루면 훨씬 더 멋진 풍경을 만들어낸다. 이와 마찬가지로, 가족 구성원들이 모여 하나의 힘을 형성하면 그들은 보다 큰 성공과 행복을 이룰 수 있다. 가족은 서로에게 지지를 주고받으며, 어려움을 함께 극복하고 성장할 수 있다. 한 가족 구성원이 성공하면 다른 구성원들에게 영감을 주며, 꽃처럼 모두가 함께 무리 지어 번영할 수 있다.

아이에게는 지식을 교육하는 것보다
사랑을 교육하는 것이 더 중요하다

Rather than educating children about knowledge
It is more important to educate love

아프리카 격언

이 격언은 어린이에게 학습을 가르치는 것보다는 어린이가 사랑을 가질 수 있는 것을 가르치는 것이 더 중요하다는 것을 강조한다. 어린이가 좋아하는 것, 사랑, 관심, 가치 등은 그들의 발전과 전반적인 행복에 더 큰 영향을 미친다. 따라서, 어른들은 아이들의 열정을 발견하고 추구하는 것을 지원하는 것도 중요하지만, 동시에 따뜻함, 배려, 나눔 등의 사랑의 가치를 가르치는 것이 중요하다.

이 격언은 현 우리 사회에 매우 적절하다. 물질적인 것이나 위상적인 것만 추구하는 요즘, 우리에게 서로 간의 사랑이 그 무엇보다 중요하다는 것을 알려 평화스럽고 행복한 사회를 이룩할 수 있게 하여 주었으면 좋겠다. 믿음과 소망과 사랑 중에 그중에 제일은 사랑이다.

당신이 낳은 아이는
당신을 낳지 않았다

The child you sired

hasn't sired you

소말리 격언

부모와 자식 간의 관계에서 부모가 자식에게 의존하거나 과도한 기대를 하지 말고, 자식의 독립성과 개성을 존중해야 한다는 뜻의 격언이다.

부모는 자식을 낳고 기르며, 자식의 인생에 많은 영향을 미치지만 자식은 부모의 연장선상이 아닌 독립적인 개체로, 부모의 삶이나 욕망을 대신해 살아가는 존재가 아니다. 부모는 자식에게 과도한 기대나 요구를 하지 말고, 자식이 자신만의 길을 찾아가도록 지지하고 격려해야 한다. 자식은 부모와는 다른 독립적인 인격체로 존중받아야 마땅한 것이다. 자식은 부모의 소유물이 아니다.

막대기의 한쪽 끝을 잡으면
다른 쪽 끝도 잡는다

If you pick up one end of the stick
you also pick up the other

에티오피아 격언

이 격언은 어떤 행동이나 선택을 하면 그에 따른 결과나 책임을 피할 수 없다는 의미를 담고 있다. '막대기'는 하나의 전체적인 상황이나 문제를 나타낸다. '한쪽 끝을 잡으면'은 하나의 행동이나 결정을 의미하며, '다른 쪽 끝도 잡는다'는 그 행동이나 결정에 따른 결과나 책임을 함께 감당해야 한다는 뜻이다. 즉, 어떤 선택을 하거나 행동을 할 때, 그로 인한 결과나 책임을 피할 수 없다는 것이다.

우리의 모든 행동에는 그에 따른 결과가 있으며, 이를 받아들여야 한다. 따라서 결정을 내릴 때 신중하게 생각하고, 그에 따른 책임과 결과를 감수할 준비를 해야 한다. 쉽게 선택하거나 행동하기 전에, 그에 따른 모든 측면을 고려하고 책임을 질 각오가 필요한 것이다.

건강한 치아는
빈곤을 모른다

Healthy teeth don't
know poverty

마사이족 격언

이 격언은 건강이야말로 가장 큰 자산이며, 건강한 사람은 가난 속에서도 행복하고 풍요로운 삶을 살 수 있다는 비유적인 의미를 담고 있다.

치아는 인간의 건강을 판단하는 중요한 지표 중 하나로, 전반적인 신체 건강을 나타낸다. 치아가 건강하면 음식을 잘 먹게 되고, 소화도 잘 되게끔 음식을 잘라준다. 건강한 사람은 가난이나 물질적인 결핍에도 불구하고, 삶의 질이 떨어지지 않는다. 건강한 사람은 신체적 고통이나 질병에 시달리지 않기 때문에, 물질적으로 부족한 상황에서도 더 나은 삶을 영위할 수 있는 것이다. 따라서 건강이야말로 가장 큰 부이며, 물질적인 풍요로움보다 더 중요한 자산이다. 건강을 소중히 여기고 유지하는 것의 중요하다. 치아 건강은 인간의 오복중 하나다.

행운을 쫓는 이는
평화로부터 도망친다

Those who chase good luck
run away from peace

아프리카 격언

이 격언은 지나치게 행운을 추구하는 사람은 평온하고 안정된 삶을 누릴 수 없다는 경고를 담고 있다.

행운을 쫓는 사람들은 쉽게 얻을 수 있는 기회나 성공을 찾아다니며, 이를 위해 끊임없이 움직이고 노력한다. 행운을 쫓는 과정이 평온하고 안정된 삶을 방해한다. 행운을 쫓는 사람은 자주 불안정하고, 불확실한 상황에 처하게 되며, 그로 인해 마음의 평화를 잃게 된다. 마음의 여유가 사라지게 되는 것이다. 진정한 평화와 안정은 외부의 행운이나 운에 의존하는 것이 아니라, 내면의 평정과 차분한 노력에서 오는 것이다. 안정된 삶과 마음의 평화를 원한다면, 순간적인 행운보다는 지속적인 노력과 성실함을 추구해야 한다. 사랑도 쫓아갈수록 멀어진다.

아무리 호화로운 관棺일망정
죽음을 자청할 사람은 없다

No one would want to die,
no matter how luxurious the coffin is

아프리카 격언

　죽음을 좋아하는 사람이 있을까? 이 격언은 죽음은 어떤 경우에도 피할 수 없는 현실이며, 편안하고 풍요로운 삶을 살더라도 결국 죽음은 모두에게 찾아오는 것이라는 것을 강조한다.

　사람들은 어떤 환경이나 상황이 와도 죽음을 자청하지 않고 살아가려고 한다. 아무리 호화롭고 성대한 죽음이 찾아올지라도, 피하려고 발버둥을 친다. 죽음을 스스로 자청하지 않는다. 따라서 삶을 소중히 여기고 소중히 여길 수 있는 순간을 살아가는 것이 중요하다. 개똥에 굴러도 저승보단 이승이 좋은 것이다.

물이 주인인 곳에서는
땅이 복종한다

Where the water is the master,
the earth obeys

아프리카 격언

물은 자연에서 가장 강력하고 영향력이 큰 요소 중 하나다. 물은 자연에서 지형을 형성하고 변화시키며, 강, 호수, 강둑 등을 만들어 낸다. 이처럼 물이 흐르는 곳에서는 땅도 변화하게 되는데, 이는 물이 지배하는 것이다.

이 격언은 인간의 상황에 비유하여 사용될 수도 있다. 어떤 경우에는 특정한 영향력이나 권력이 있는 사람이나 조직이 주변 환경을 지배하고 영향을 미치는 것처럼 설명될 수 있다. 상황에 따라서는 어떤 힘이 지배적인 영향력을 가지고 있고, 그것에 복종하는 것으로 나타나는 경우에 이러한 격언을 사용한다.

땅에서 날아와 개미집에 착륙하는 새는
아직 땅 위에 있다

The bird flying from the ground and l
anding in the ant hill is still on the ground

나이지리아 익보 격언

이 격언은 새로운 환경이나 상황에 진입했지만 완전히 적응하거나 성공한 것이 아니라는 것을 의미한다. '땅에서 날아와 개미집에 착륙하는 새'는 새로운 지역이나 상황으로 이주하거나 진입한 사람이나 그룹을 나타내며, 개미집은 새로운 공간이나 환경을 상징한다. '아직 땅 위에 있다'는 아직 이곳에 적응하거나 확실히 이곳에 소속되지는 않았음을 뜻한다. 즉, 새로운 상황에 처한 사람이나 그룹은 더 많은 노력과 시간이 필요하며, 완전한 적응과 성공을 위해서는 더 많은 노력이 필요하다는 것이다.

전쟁은
눈이 없다

War has

no eyes

수와힐리 격언

전쟁은 가해자와 피해자를 가리지 않고, 모두에게 상처와 파멸을 안겨주는 비인간적인 상황이 전개된다. '눈이 없다'는 전쟁이 어떤 상황이든 가해자나 피해자에게 동정을 표하지 않으며, 감정을 배제한다는 것을 의미한다. 전쟁은 무차별적으로 사람들을 피해자로 만들고, 인간적인 가치나 도덕적인 원칙을 무시한다. 전쟁은 자신의 목적을 위해 모든 것을 희생하며, 그 과정에서 인간성과 인도적 가치를 무시한다.

아프리카 사람들은 인정은 많지만, 반면 종족 간에 처참한 싸움이 잦았다. 필자의 사랑하는 르완다 두 제자와 시에라리온 제자, 모두 이렇게 세 가정이 내란으로 가족과 함께 처참히 몰살당했다. 그들의 명복을 빈다.

평화는 비싸다
그러나 그 값이 있다

Peace is expensive,
but there is a price

케냐 격언

이 격언은 평화를 유지하는 것은 비용이 많이 들지만, 그에 비례하여 평화는 가치 있는 것이며, 이를 위해 투자하는 것은 중요하다는 의미이다.

평화를 유지하는 것이 자원과 희생을 필요로 한다. 전쟁이나 갈등은 많은 비용과 희생을 초래하지만, 평화를 유지하기 위해서도 또한 많은 투자와 노력이 필요하다. 평화가 유지 비용이 많이 들더라도 그 가치가 있다. 평화는 안정과 번영을 가져다주며, 인간의 생명과 안전을 보호한다. 또한, 평화는 사회적인 조화와 협력을 촉진하며, 인간의 삶의 질을 향상시킨다. 평화는 인류에게 매우 중요하며 가치 있는 것이다. 참고로 전쟁 비용보단 평화 비용이 훨씬 저렴하다.

만약 누군가가 입술을 핥지 못한다면
해마탄이 그 역할을 할 것이다

If one fails to lick his lips,
the harmattan will do it

아프리카 격언

'해마탄'은 겨울철 사하라사막 연변 지방에서 사진이 날라와 발생하는 건조하고 바람이 매우 거친 기후 조건을 가리킨다. 바람이 건조한 공기와 함께 모래를 일으키며 대기 중의 습기를 흡수하여 주변 환경을 매우 건조하게 만든다. 때로는 모래바람이 심하고 기온이 떨어져 전방 500m가 잘 보이지 않을 때도 있다.

이 격언은 해마탄이 매우 건조한 환경을 만들어 입술을 건조하게 만든다는 것을 비유적으로 설명한다. 인간이 해결하여 주지 못하는 것을 자연이 해결하여 준다는 뜻의 비유적인 표현이다.

닭이 물을 마실 때 위를 쳐다보는 건,
자신을 죽이는 것이
하늘에서 오기 때문이라고 한다

It is said that when chickens look up when they drink water,
it is because what kills them is coming from the sky

아프리카 격언

이 비유적인 격언은 닭이 물을 마실 때 자연스럽게 위쪽을 바라보는 행동을 하는 것은 닭에게 위협적인 것들이 보통 하늘에서 오는 경우가 많다고 말하고 있다. 이는 닭이 공중에서 오는 위험한 동물이나 포식자에게서 자기를 방어하기 위해 주의를 기울인다는 것을 암시한다. 닭은 예민한 동물이며, 공중에서 오는 위협을 감지하고 대비하기 위해 자세를 취하는 것으로 알려져 있다.

숲에는 다양한 잎들이 있지만
사람들은 오카지 잎을 찾기 위해 들어간다

There are many different leaves in the forest,
but people go in to look for okaji leaves

아프리카 격언

'오카지' 잎은 특정한 종류의 잎으로, 주로 나이지리아와 카메룬 등 아프리카 일부 국가에서 발견된다. 학명은 Gnetum africanum이며, 전통 아프리카 요리의 중요한 재료로 알려져 있다. 오카지 잎은 독특한 맛과 영양가를 가지고 있다. 식이 섬유, 비타민, 미네랄이 풍부하여 건강에 좋다. 이 잎은 주로 수프, 스튜, 소스 등에 사용되며, 독특한 맛과 질감을 더해준다.

이 격언은 사람들이 "무슨 뜻인지 자세히 알려주세요"라고 말할 때, 오카지 잎을 찾기 위해 수풀에 들어간다는 것이니 당치도 않은 대답을 하는 경우에 쓰인다. 동문서답이다.

만약 아이가 아버지를 들어 올리면
아버지의 음낭이 눈을 가린다

he child lifts the father, the father's

scrotum covers his eyes

아프리카 격언

이 격언은 부모와 자식 간의 관계에서 역할이 역전되면 그에 따른 불편함이나 부자연스러움이 생긴다는 의미를 담고 있다.

부모는 자식을 보호하고 지도하는 위치에 있으며, 자식은 부모의 보호와 지도를 받는 위치에 있다. 이러한 자연스러운 역할이 뒤바뀌면, 그 관계에서 불편함이나 문제가 생길 수 있다. 부모와 자식 간의 역할이 역전되는 상황은 감정적, 물리적 어려움을 동반할 수 있기 때문이다. 모든 관계에는 자연스러운 질서와 균형이 있으며, 이를 유지하는 것이 건강한 관계를 유지하는 데 중요하다. 이 질서가 깨지면 그에 따른 부자연스러움과 혼란이 발생할 수 있다. 따라서 가족 관계에서도 자연스러운 질서와 균형을 유지하는 것이 중요하다. 부모의 권위는 중요하다.

메뚜기가 새무리 속으로 들어가면
영혼의 땅에 당도한다

When the grasshopper enters a flock of birds,
it is taken to the land of spirits

아프리카 격언

이 격언은 본래의 성격이나 본질과 다른 환경이나 무리 속에 들어가면 결국에는 큰 위험이나 파멸을 맞이하게 된다는 의미를 담고 있다. 메뚜기는 새의 먹이이다. 메뚜기가 새무리 속에 들어가면 결국 잡아먹히게 될 것이다. 이는 자신의 본질과 맞지 않는 환경이나 그룹에 들어가면 큰 위험에 처할 수 있음을 뜻한다.

이는 우리에게도 자신에게 맞는 환경과 사람들과 함께 해야 한다는 교훈을 준다. 본질과 다른 곳에서 자신을 찾으려고 하면 위험에 빠질 수 있으며, 자신이 누구인지, 어디에 속해야 하는지를 잘 이해하고 행동하는 것이 중요하다. 자신의 본질과 맞지 않는 환경이나 무리 속에 들어가면 위험과 파멸을 맞이할 수 있으므로, 자신에게 맞는 환경과 사람들과 함께 해야 하는 게 중요하다. 친구도 자신과 같은 수준의 친구가 오래간다.

많은 손의 도움받는 것은 즐거운 일이지만 많은 사람들을 먹여 살리는 일은 힘들다

It's fun to get help from a lot of hands,
but it's hard to feed a lot of people

아프리카 격언

이 격언은 도움을 받는 것은 쉽지만, 다른 사람들을 돕는 것은 어려운 일이라는 의미를 담고 있다.

다른 사람들로부터 도움을 받는 것은 즐거운 경험이 될 수 있다. 그러나 많은 사람들을 지원하고 돕는 일은 힘든 과정을 요구한다. 이는 자신의 시간과 노력뿐만 아니라 자원과 희생을 필요로 하기 때문이다. 때로는 어려움과 희생을 감수하며, 많은 사람들을 지원하기 위해 노력해야 한다. 이런 사회적 책임은 우리가 살아가는 공동체에 대한 의무이며, 다른 사람들의 복지와 안녕을 책임져야 한다. 그만큼 자신도 공동체에서 도움을 받기 때문이다.

성숙한 독수리 깃털은
언제나 순수함을 유지한다

A mature eagle feather

will ever remain pure

아프리카 격언

이 격언은 성숙한 사람은 어떤 환경에서도 자신의 가치와 도덕성을 지키며 올바른 행동을 보인다는 의미를 지니고 있다. 성숙한 독수리가 순수한 깃털을 유지한다는 것은 그들이 자신의 가치와 도덕성을 어떤 상황에서도 잃지 않는다는 뜻이다.

성숙한 사람은 어떤 상황에서도 자신의 원칙을 지키고 타인에 대한 배려와 책임감을 잃지 않아야 한다. 자아를 지키고 도덕적으로 행동하는 것의 중요하며, 어떤 상황에서도 자신의 가치를 지키며, 올바른 행동을 해야 한다.

암컷 두꺼비는 남편이 너무 좋아서
남편을 평생 업고 다녔다

The female toad liked her husband
so much that she carried him on her back for the rest of her life

아프리카 격언

이 격언은 자신의 배우자를 매우 사랑하고 존경한다는 것을 의미한다. 비유에서 암 두꺼비가 남편을 항상 등에 업고 다니면서 그의 부담을 짊어진다는 것은, 그녀가 자신의 남편을 지지하고 돌봐 줌으로써 그의 필요를 항상 생각하고, 그의 곁을 지키며 동반자로서 그의 곁을 지지한다는 뜻이다.

이는 자신의 배우자에게 대한 애정과 헌신을 나타내는 표현이다. 따라서, 가족이나 부부간의 사랑과 서로에 대한 헌신적인 태도를 나타내며, 깊은 연결과 서로를 지지하는 관계의 중요성을 강조하는 격언이다. 이런 아내를 둔 남편은 부러움의 대상이다.

제사가 끝날 때 독수리가 맴돌지 않으면
정령의 땅에서 무슨 일이 일어났다는 것을
알 수 있다

If the vulture fails to hover at the end of a sacrifice,
then you know that something happened in the land of spirits

아프리카 격언

이 격언은 아프리카에서 영적이거나 신성한 행사나 의식에 관련하여 사용된다. 종교적인 의식이나 영적인 관행에서 신호나 기원을 확인하는 방법으로 사용될 수 있으며, 초월적인 영역과 인간의 세계 간의 상호작용에 대해 어떤 문제나 이상이 있을 때 그것을 파악하는 역할을 한다.

이 격언은 제사나 의식이 원래는 일정한 절차나 조건을 따라야 하지만, 그중 하나라도 빠지거나 변조되었을 경우에는 초월적인 영역에서 어떤 문제나 방해 요인이 발생했음을 알려준다는 의미이다. 이를 통해 인간은 영적인 영향력을 인식하고 존중해야 한다는 메시지를 전달한다.

당신을 보호하는 숲을
밀림이라 하지 마라

Do not call the forest that
shelters you a jungle

아프리카 격언

이 격언에서 '숲'은 생명을 지탱하고 다양한 생물들에게 보호와 풍요를 나타내며, '밀림'은 어지럽고 혼란스럽다는 의미이다.

사람들은 당연하게 여기는 것들에 대해 무시하거나 감사하지 않는 경향이 있다. 배은망덕한 일이다. 우리가 현재 편안하고 안전한 환경을 제공받는다면 우리를 보호해 주는 환경이나 사람들을 비하하지 말고 소중히 여기고 감사하며, 그것에 의지하고 지지해야 한다. 따라서 우리는 자신에게 편안하고 안전한 곳을 제공하는 환경이나 사람을 비난하거나 비하하지 말고 존경과 예의를 갖추어야 한다.

죽은 사람은
필요한 모든 휴식을 갖게 된다

The dead will have all the

rest they need

아프리카 격언

이 격언은 죽음을 포용하거나 사라짐을 실망스럽게 받아들여야 한다는 뜻이 아니라, 단지 죽은 사람에게는 휴식과 고민이 없다는 의미이다.

우리는 생존하며 활동하면서 휴식이 필요하다. 하지만 죽은 사람에게는 더 이상 휴식이 필요하지 않다. 죽음은 피로와 고통으로부터 벗어나 휴식을 얻는 순간인 것이다. 삶에서의 해방인 것이다. 그러므로 죽음을 자연스럽게 받아들이고, 끝내 편안하게 휴식을 취할 수 있는 시간으로 여겨야 하는 마음을 가져야 한다.

지구는 꿀벌 집과 같아서
우리 모두 그 속에서 살면서
똑같은 문을 들락거리며 살아간다

The earth is like a beehive, and we all live in it,
going in and out of the same doors

아프리카 격언

이 격언은 인류 전체가 지구라는 공동체 안에서 서로 연결되어 있다는 것을 강조하고, 우리가 모두 공통의 목적과 삶의 기초를 가지고 있다는 것을 나타낸다. 시대적으로 매우 유효하고 중요한 메시지를 전달한다.

지구는 우리의 공동 주거지이며, 우리는 모두 함께 살아가고 있는 것을 감안할 때, 지구의 문제에 서로 협력하는 것이 중요하다. 현대 사회에서는 환경 문제, 지속 가능한 발전, 다문화 공존, 사회적 연대 등과 같은 과제들이 더욱 중요해지고 있다. 이를 해결하기 위해 우리는 서로를 존중하고 협력하여 지구의 번영과 지속 가능한 미래를 구축하는 데 동참해야 한다. 꿀벌이 사라지면 생태계가 파괴된다.

나무는 어렸을 적에
바로잡을 수 있다

Trees can be corrected
when they are young

아프리카 격언

이 격언은 어릴 때에는 유연하고 성장 가능성이 크기 때문에, 적절한 돌봄과 지도 아래에서 직접적인 개입을 통해 바르게 성장시킬 수 있다는 뜻이다.

나무는 성장하면서 변형되거나 고정되기 때문에 어릴 때에 올바른 자세로 키우는 것이 중요하다. 나무가 휘어지거나 비뚤어지면 나중에 바로잡기 어렵고 영구적인 손상을 입을 수 있다. 사람도 어릴 때에 잘못된 가치관이나 행동양식을 형성하게 되면 나중에 고치기가 어렵고 영향력이 크기 때문에, 어릴 때 올바른 가르침과 지도를 받는 것이 중요하다. 어린 시기에 올바른 가치, 행동, 지식을 습득하고 올바른 방향으로 인도되면, 그 후의 성장과 발전에 큰 도움이 된다. 어리기 때문에 변화와 배우기에 더 열려 있으며, 올바른 가르침과 훈련을 통해 좋은 습관과 자질을 형성할 수 있다. 자세 교정은 어렸을 때부터 해야 효과가 있다.

자녀들은 자신의
삶의 보상이다

Children are the
reward of life

아프리카 격언

이 격언은 가족의 중요성과 부모와 자녀 관계의 특별함을 나타낸다. 자녀들은 부모들의 사랑과 노력의 결실이며, 그들과의 관계와 경험을 통해 부모들은 보상과 만족감을 얻게 된다. 자녀들은 부모들에게 큰 의미와 가치를 부여하며, 가족과 사랑의 연결고리를 형성한다. 자녀들은 가족과 인생에서 가장 소중하고 특별한 존재이며, 그들과 함께한 경험과 추억은 부모들에게 큰 보상이 된다. 어른들이 자녀들을 가지는 것은 인생에서 가장 큰 축복 중 하나다. 자녀들은 부모들이 자랑스럽게 생각하고 사랑하는 존재이며, 그들은 자신의 유산과 가치를 이어받는 후손이기도 하다. 지금은 아이를 많이 나을수록 좋다.

사랑은 예쁜 아기와 같아서
조심스럽게 대하여야 한다

Love is like a pretty baby,
so you have to be careful

아프리카 격언

이 격언은 사랑이 자라나고 유지되기 위해서는 세심한 배려와 주의가 필요하다는 것을 의미한다.

아기가 처음 태어났을 때 매우 연약하고 보호가 필요한 것처럼, 사랑도 초기에는 세심한 관심과 보호가 필요하다. 사랑이 깊어지고 강해지기 위해서는 상호 간의 배려와 존중이 필요하고 아기를 키우는 마음처럼, 꾸준한 노력과 헌신이 필요하다. 따라서 우리는 사랑을 소중히 여기고, 가치를 인정하며, 사랑이 자연스럽게 성장하고 발전할 수 있도록 노력해야 한다.

다른 사람들의 문제와 불행을 생각함으로써, 자신의 문제를 잊을 수 있다

When I think of the others's misfortunes,
I forget mine

아프리카 격언

이 격언은 자기중심적인 태도를 벗어나 다른 사람들에게 관심을 기울이면서 자신의 문제를 해결할 수 있다는 의미를 뜻하며 공감과 이타의 개념을 강조한다.

자신의 걱정이나 문제에 집착하고 자기 안에 머무르는 것은, 자신의 해결책을 찾는 데 방해가 될 수 있다. 그러나 다른 사람들에게 관심을 기울이고 그들의 어려움을 이해하고 지원하는 태도를 갖는다면, 자신의 문제에 대한 시각과 태도가 변화할 수 있다. 이는 자신을 걱정에서 해방시키고 해결책을 찾는 데 도움을 줄 수 있다. 남의 불행이 나의 행복이 되면 안 된다.

증오를 치료하는
약은 없다

There is no medicine
to cure hatred

아프리카 격언

이 격언은 증오와 같은 강렬한 감정을 완전히 없앨 수는 없지만, 이를 다스리고 극복하기 위해 인간들이 노력하고 협력해야 한다는 뜻이다.

사람들이 서로를 미워하고 증오하는 것은 스스로의 마음에서 비롯되며, 증오를 극복하려면 우리는 자신의 마음을 바꾸어야 하며, 자비와 이해, 인내, 관용, 사랑 등을 실천하는 것이 중요하다. 증오는 강한 혐오, 적대감, 비판, 분노와 같은 강렬한 부정적인 감정이다. 증오와 같은 감정을 극복하고 조화롭게 지내기 위해서는 자기 인식과 성장, 타인과의 이해와 공감, 대화와 대화를 통한 해결 등을 포함할 수 있다. 또한, 교육, 인식 제고, 문화적 변화, 사회적인 대화와 협력 등이 증오와 같은 감정을 줄이고 예방하는 데 도움을 줄 것이다. 화병은 만병의 근원이다.

숲의 왕인 사자라도
파리로부터 자신을 보호한다

Even the lion, the king of the forest,
protects himself from flies

가나의 격언

이 격언은 작고 약한 것도 크고 강한 것을 위협할 수 있으며, 예기치 않은 위험으로부터 자신을 보호해야 한다는 의미이다.

사자는 숲의 왕이라고 알려진 강력하고 위엄 있는 동물이다. 그러나 파리와 같이 작고 약한 존재조차도 사자를 괴롭히거나 위협할 수 있다. 따라서 우리가 소홀히 여기는 작은 위험도 큰 문제를 일으킬 수 있다는 뜻이다. 어떤 상황에서도 우리는 자신을 보호할 수 있는 방법을 찾아야 한다. 이는 강한 사람이든 약한 사람이든 상관없이 모두가 스스로를 지키기 위해 노력해야 한다. 힘자랑은 하지 말아야 한다.

선행을 하여
바닷속에 집어넣어라

Do a good deed and
throw it into the sea

이집트 격언

우리가 하는 선악은 우리 자신과 주변 사람들에게 영향을 미치며, 그 영향은 오랫동안 지속될 수 있다. 선한 행동이나 기부 등의 행위를 하면 그것이 사회에 긍정적인 영향을 미친다. 이로 인해 얻게 되는 보상은 그 자체로 충분하며, 보상을 받기 위해 그 행동을 자랑하거나 광고하지 않아야 된다. 우리가 하는 선행은 보상을 받을 수는 있지만, 그것이 우리가 하는 것의 유효성을 증명하는 것이 아니라, 그로 인해 우리 자신과 주변 사람들의 삶이 나아지는 것이다. 오른손이 하는 일을 왼손은 모르게 해야 한다.

어린아이의 웃음소리는
집안을 빛낸다

The laughter of a child

lights up the house

아프리카 격언

　어린아이의 웃음은 순수하고, 작은 것에도 쉽게 웃음을 터뜨리며, 그 웃음은 자연스럽게 주변 사람들에게 긍정적인 영향을 미친다. 아이의 웃음소리는 부모와 가족들에게 기쁨과 행복을 전달하며, 가정의 분위기를 따뜻하고 환하게 만들어 준다. 아이들의 밝고 긍정적인 에너지는 가정 내에서 긍정적인 분위기를 조성하며, 가정의 화목과 사랑을 만들어 내는 것이다. 아이들의 웃음 소리는 부모를 힘내게 한다.

외모가 추한 사람도
좋은 성격을 가지면 아름답다

Even people with ugly looks are beautiful
if they have a good personality

아프리카 격언

이 격언은 우리가 다른 사람을 판단할 때, 외모보다 성격과 인격적인 면을 더 중요시해야 한다는 것을 의미한다.

사람의 외모는 변할 수 있고, 시간이 지나면 노화되지만, 성격과 마음은 오랫동안 유지되며 사람의 진정한 아름다움을 형성한다. 성숙한 사람들은 타인을 평가하거나 대우할 때 외모보다는 성격과 행동에 초점을 맞춘다. 따라서 외모에 대한 편견을 버리고 내면의 가치와 성품에 더 많은 주의를 기울여야 한다. 아름다움의 진정한 의미는 내면의 성격과 도덕적인 가치이기 때문이다. 얼굴만 이쁘다고 여자가 아니다.

선행은 반드시
빛을 발한다

Good deeds must
shine through

아프리카 격언

이 격언은 우리의 선행과 선의는 결국 반드시 알려지고 인정받게 된다는 것을 의미한다.

우리의 선행은 주변 사람들에게 영감을 주고, 긍정적인 영향을 미쳐 그들의 삶을 더욱 밝고 풍요롭게 만든다. 또한, 우리의 선행은 우리에게도 긍정적인 영향을 준다. 우리가 선의로운 행동을 하면 우리의 명성이 올라가고 우리의 삶에 의미를 더해준다. 따라서 우리가 선의를 실천하고 긍정적인 영향을 주는 것은 우리의 삶에 빛을 더해주는 것이며, 더 나은 미래를 향해 나아가는 길임을 알아야 한다. 선행을 하는 자의 후손들에겐 하늘에서 복을 내린다.

맛없고 딱딱한 카사바가 되면
요리사 탓은 아니다

It is not the cook's fault when the cassava
turns out to be hard and tasteless

가나 에웨 격언

이 격언은 실패나 부정적인 결과가 나타났을 때 그것을 담당한 사람을 비난하지 말아야 한다는 뜻이다. 카사바가 맛없고 딱딱하게 되는 것은 요리사의 실수나 잘못이 아니라, 자재의 품질이나 기타 요인에 의해 발생하는 할 수도 있다. 따라서 실패가 발생할 때 그것을 책임지는 사람이 아니라 실패의 원인에 대해 고민하고 대처해야 한다는 것을 알려준다. 실패의 원인을 찾고 수정하는 것이 더 중요하며, 다른 사람을 비난하거나 책임지는 것은 부적절하다. 실패에 집중하여 그 원인을 분석하고 개선 적절한 조치를 취하는 것이 필요하다. 잘 알아보고 남 탓을 해야 한다.

화살의 상처는 치유될 수 있지만,
혀로 입힌 상처는 치유되지 않는다

Wounds from arrows can be healed,

but wounds inflicted by the tongue cannot

아프리카 격언

이 격언은 몸에 입힌 상처는 회복될 수 있지만, 입으로 남긴 상처는 회복될 수 없다는 것을 비유적으로 전한다.

언어의 힘은 매우 강력하며, 불쾌한 말이나 비난은 상처를 줄 수 있고, 이는 오랜 시간 동안 사람들의 기억에 남을 수 있다. 말에는 상처를 줄 수도 치유할 수도 있는 힘이 있다. 우리가 말을 선택하고 사용함에 있어 신중해야 하는 이유이다. 언어의 힘을 올바르게 사용하면 타인과의 관계를 개선하고, 상호 이해와 통화를 도모할 수 있지만, 부주의하게 사용하면 타인을 상처 주고 분쟁과 갈등을 야기할 수 있다. 따라서 말의 영향력을 인식하고, 상대방을 배려하며 건설적인 대화를 통해 서로를 존중하고 이해하는 문화를 형성하는 것이 중요하다.

벼룩을 괴롭히는 사자보다
사자를 괴롭히는 벼룩이 더 많다

here are more fleas that bother
lions than lions that bother fleas

케나 격언

이 격언은 작고 약해 보이는 벼룩이 비유적으로 강하고 위엄 있는 사자보다 더 큰 귀찮음을 줄 수 있다는 것을 나타낸다. 인해전술 작전이다.

크고 강력한 것이 약한 것보다 항상 우위에 있다고 보장되지 않는다. 작고 보잘것없어 보이는 것도 큰 영향을 미칠 수 있다. 때로는 사소한 것들이 큰 문제를 일으킬 수 있으며, 작은 동작이 큰 영향을 미칠 수 있다. 따라서 작은 일들이라고 경시하지 말고 중요시하는 자세를 취해야 한다.

대지는
침대의 여왕이다

Earth is the queen
of beds

나미비아 격언

이 격언은 인간이 자연과 조화롭게 살아가야 한다는 뜻을 전한다. 침대는 우리가 휴식을 취하고 재충전하는 공간이며, 이러한 휴식의 중요성은 대지의 자연적인 휴식과 연결된다. 대지는 우리의 삶의 기초이며, 모든 존재가 발달하고 번성할 수 있는 토양과 환경을 제공한다. 우리가 자연과 함께 조화를 이루며 삶을 온전히 즐기고 풍요롭게 보내기 위해서는 대지에 감사하며, 그 풍부한 자원과 생명력을 존중하고 소중히 여기는 태도가 필요하다. 이 격언은 자연과의 연결을 통해 정서적인 안정과 안락함을 찾을 수 있다는 것을 암시한다.

꼬부라진 나무는
가장 훌륭한 조각품이다

The twisted wood is the
finest sculpture

아프리카 격언

　이 격언은 삶의 어려움과 역경을 극복하고 이겨내는 과정에서 우리의 내면이 강화되고 더욱 아름다워질 수 있다는 희망을 전달한다. 꼬부라진 나무는 완벽하지 않지만, 그 자체로 아름다운 조각품이 되고 그것이 가진 고유한 모습과 특성이 그것을 독특하게 만든다. 우리도 완벽하지 않은 삶 속에서 자신만의 아름다움과 가치를 발견할 수 있다. 꼬부라진 나무처럼 어려움과 역경을 극복하는 과정에서 우리 내면의 아름다움을 발견할 수 있는 것이다.

　참고로 아프리카 예술가들은 숲속에 들어가 여러 모양의 나무들을 보고 그것으로부터 아이디어를 얻어 작품을 만든다고 한다.

새들은 답이 있기 때문이 아니라
노래가 있어 노래를 한다

Birds sing because they have a song,
not because they have an answer

아프리카 격언

이 격언은 우리에게 삶의 목적이 답을 찾는 것뿐만 아니라, 아름다움을 찾고 나누는 것이라는 교훈을 전한다.

우리가 답을 찾기 위해 고군분투하는 것은 중요하지만, 삶에는 더 좋은 것도 있다. 아름다운 순간들을 즐기고, 예술과 음악처럼 우리를 감동시키고 위로해 주는 것들을 경험하는 것도 삶의 한 부분이다. 새들은 답을 주기 위해서가 아니라, 자신의 존재를 의미 있게 만들고 자연의 아름다움을 나타내기 위해 노래를 부른다. 우리도 새들처럼 삶 속에서 아름다움과 즐거움을 발견하고 노래하면 즐기는 것이 중요하다.

매일 감사하는 것은
사람의 배다

It is the belly which
daily gives thanks

마사이 격언

이 세상에서 가장 중요한 것이 음식이다. 음식 없으면 살아갈 수 없기 때문이다. 우리 신체 가운데 매일 매끼 감사하는 것은 배라고 한다. 이 격언은 우리의 신체의 필요와 만족을 통해 감사의 마음을 표현하는 것이 중요하다는 것을 뜻한다.

'배'는 우리가 음식과 영양을 받는 중요한 부분으로, 이 격언은 매일 먹는 식사를 통해 우리가 배부름과 만족을 느끼고 있다는 것을 상기시키며, 이를 통해 감사의 마음을 나타내야 한다는 것을 말한다.

마사이 문화에서는 생활의 핵심 요소로서 식량과 배고픔의 개념이 중요하다. 이 격언은 그들의 문화에서 감사와 만족을 표현하는 방법을 강조하고, 삶의 기초적인 요소에 대한 높은 가치와 감사하는 마음을 나타내고 있다.

생쥐의 새끼는
생쥐다

The child of a rat is a rat

말라가시 격언

이 격언은 부모가 누구이든 그들의 자식은 그들과 유사한 특성을 보일 것이라는 것을 뜻한다.

부모의 가르침과 영향으로 자라는 자녀들은 부모와 유사한 생각, 태도, 행동을 보이는 경우가 많이 있다. 어떤 사람이든지 그의 출신이나 유전적 배경은 그의 인생과 행동에 영향을 미칠 수 있음을 의미한다. 이러한 격언은 우리가 자신의 기원과 영향을 인식하고, 그것을 통해 자신을 이해하고 발전시키는데 도움이 될 수 있다.

참고로 'Malagasy'는 말라가시어Malagasy라는 말로, 이는 아프리카 대륙의 동쪽 해안에 위치한 마다가스카르 섬의 공식 언어다.

늙어서 앉을 자리는
젊어서 서 있던 자리다

The place to sit in old age is where you
stood because you were young

나이지리아 요루바 격언

시간이 흐름에 따라 우리의 위치나 상황이 변화한다. 슬프게도 우리의 삶도 변화하고 우리가 필요로 하는 것들도 변화한다. 젊음과 늙음은 삶의 자연스러운 주기이며, 그 과정에서 우리는 자리를 옮겨가며 성장하고 발전한다. 어릴 때는 더 많은 경험과 지식을 얻기 위해 노력하며, 늙어서는 그 경험과 지식을 토대로 휴식과 안정을 취하게 된다. 결국 우리는 삶의 변화를 받아들이고, 시간이 지나면서 우리의 욕구와 필요를 존중하며 살아가야 한다.

한상기 韓相麒 연보

1933	충청남도 청양군 청남면 인양리 출생
1953-57	서울대학교 농과대학(농생대) 농학사
1957-59	서울대학교 대학원 농학석사, 한국 최초로 잡초학 연구
1961-64	서울대학교 농과대학(농생대) 전임강사
1965-73	서울대학교 농과대학(농생대) 조교수
1965-67	미국 미시간 주립대학교 대학원 식물유전육종학 박사 Ph.D.
1971	나이지리아 소재 국제열대농학연구소(IITA) 구근작물개량 연구원
1972-74	나이지리아 소재 국제열대농학연구소(IITA) 구근작물부 구근작물개량 연구원, 소장보
1974-87	나이지리아 소재 국제열대농학연구소(IITA) 구근작물부 구근작물개량 연구원, 부장
1987-91	나이지리아 소재 국제열대농학연구소(IITA) 구근작물/식용바나나 개량부 연구원, 부장
1991-94	나이지리아 소재 국제열대농학연구소(IITA) 명예부장
1984-98	스웨덴 국제과학재단(IFS) 과학 자문위원
1989-94	미국 코넬대학교 식물육종 및 생물통계학과 명예 식물육종학 교수
1998	미국 조지아대학교 원예학과 명예교수
1977-94	인도 구근작물학회 학술지 편집고문
1985-2001	네덜란드 농업 생태계 환경 학술지 편집위원
1984-2009	영국 생물학술원 펠로우
2009	영국 생물학회 펠로우
1993	미국 작물학회 펠로우
1982	영국 기네스Guinness 과학공로상
1983	나이지리아 이키레읍 추장 농민의 왕
1992	건국대학교 상허대상
1994	미국 미시간 주립대학교 우수국제동창인상
1996	자랑스러운 서울대인상 (창립 50주년기념일)
2018	자랑스러운 대능상(대전고등학교 동창회)
2022	대한민국 농업과학기술 명예의 전당 헌액
2023	대한민국 과학기술 유공자

인류 최초의 지혜가 담긴

아프리카 격언집

초판 1쇄 발행   2024년 05월 27일

엮은이   한상기
펴낸이   김왕기
편집부   원선화, 김한솔
디자인   푸른영토 디자인실

펴낸곳   **(주)푸른영토**
          주소   경기도 고양시 일산동구 장항동 865 코오롱레이크폴리스1차 A동 908호
          전화   (대표)031-925-2327 팩스 | 031-925-2328
          등록번호   제2005-24호(2005년 4월 15일)
          홈페이지   www.blueterritory.com
          전자우편   book@blueterritory.com

ISBN 979-11-92167-23-7   03810
ⓒ 한상기